新潮文庫

冬の霧

へんろ宿 巻二

藤原緋沙子著

新潮社版

11697

目次

冬の霧

へんろ宿　巻二

あほぼん

一

「おかみさん、ほら、あの船、どこぞのお大名のお女中たちでしょうか。見て下さい、着飾って……」

おとらは、隅田川を上っていく一艘《そう》の屋形船を指した。

色とりどりの着物を着た女たちが、暮れかけた川を鳴り物入りで悠然と上って来る。

他にも屋形船、屋根船、茶船に猪牙《ちょき》船《ぶね》とさまざま川に繰り出していて、このところ隅田川は毎日夜遅くまでお祭り騒ぎだ。

川に繰り出すのは、武家や商人だけではない。さして金の無い若者達だって今日ぞとばかりに茶船で繰り出す。

今も川の中程で、茶船に乗った若者の一団が、持ち寄った花火を上げ始めた。高く上がる大きな花火ではなく、せいぜい五、六間ほどの高さに上がる代物《しろもの》だが、若者達にはそれで十分、日頃の鬱憤《うっぷん》を吹き飛ばすような、はしゃいだ声を上げている。

その屈託のない、若くて威勢のいい声は、裕福な大人たちが乗った屋形船の鳴り物入りの賑《にぎ》やかさよりも、川筋を行き交う人々の心を和やかにしてくれている。

まさに江戸は今、川開きの季節である。町人武家を問わず、男女を問わず、こぞって船に乗って川に繰り出して来る。

その絶景は夜ともなればひとしおだ。船のひとつひとつに灯りが点《とも》り、また川沿いの店の軒先にも灯りは点るから、光と影があやなす夢幻的な趣きは、異界にでも踏みこんだような心地がして、その夜色は他に例えようも無い。

「こうやって皆さんが楽しんでいるのを見るだけでも、うきうきしますね、この婆《ばあ》さんでも五歳は若返る」

おとらの顔は晴れやかだ。確かに今日は若く見える。

「ほんとに……一度旦那《だんな》様にお願いして、船で漕《こ》ぎ出してみたいものです」

佐和《さわ》の声も弾んでいる。そう言いながら、佐和の脳裏には、故郷京の鴨川《かもがわ》にしつらえた料理屋の川床《かわどこ》の賑わいが蘇《よみがえ》っている。

京の、さる川床の座敷で五年前、佐和は市兵衛《いちべえ》と初めて会った。その後、市兵衛が四国八十八カ所を巡ったのち、再び会ったのも川床の座敷だった。

　まさかあの折、市兵衛と一緒になって、江戸で暮らすことになろうとは考えてもみなかった。

　ところが今佐和は、江戸の回《え》向院《こういん》前で市兵衛とへんろ宿を営んでいる。おとらは老齢ながら、へんろ宿の、ただ一人の女中である。

　今日二人は、宿の所用で浅草寺に行っての帰りだった。

「若い頃には、こういう賑やかな晩には、好いた男衆と花火を見物したもんだけど……」

　おとらは何か昔の場面を思い出したのか、懐《なつ》かしそうにくすりと笑ったが、その声も前方からやって来る賑やかな一団の歌と鳴り物にかき消された。

　　よういやさ
　　お待たせしました

このたび灘《なだ》より参る
初夏のお酒は『雪の華』
朝の光に照らされた
あの富士の山に残る雪からその名が生まれたお酒でござる
御年限りのお酒でござる
飲めば百薬至福のひととき
雪の華をお試しあれ

若く見目麗《うるわ》しい娘十名ほどが、揃《そろ》いの長袖《ながそで》の着物に錦糸《きんし》を織り込んだ赤地の帯を締め、手には大きな舞扇を持ち、ひらひらはらりと袖や扇子を優雅に振り、歌いながらやって来る。

手にある舞扇の片面には〈雪の華〉と書かれていて、ひらりと返した時の、もう片面には〈天野屋《あまのや》〉とある。

そして、一行のしんがりには、白塗りした若衆の男が一人付いてくる。空色の小袖に裁付袴《たっつけばかま》、手甲脚絆《てっこうきゃはん》を付け、右手には鈴を幾つも付けた金剛杖《こんごうづえ》を持ち、女たちを統率して歩いて来る。

男は金剛杖を持ち、女たちの歌に相槌《あいづち》を打つように、歩調に合わせて上げ下げして地を叩《たた》く。すると杖に付けた鈴が、しゃん、しゃん、と音を立てるのだった。

あっという間に、往来の人々は見物人となり、一行に目を注ぐ。

「おかみさん、新川の酒問屋『天野屋』の新酒入荷の触れですかね。下りの酒の銘は、雪の華……」

おとらの興奮ぎみの声に佐和は頷《うなず》きながら、ふっと一行のこの先を案じていた。

ひところ店の名や品物を流布《るふ》したいがために、町中を女たちを使って練り歩かせる事が流行《はや》っていたが、『贅沢《ぜいたく》禁止』の触れが出て以来、近頃では鳴りを潜めている。御奉行所が目を光らせていて、厳しく咎《とが》められた者もいるからだ。

いま目の前を通り過ぎる白塗りの男も咎められるのを恐れてか、素顔が分からない程の厚塗りだ。

ただ、鼻翼（小鼻）にある大きなほくろは隠しようもなく、白塗りの畑に大きな黒豆が飛び出しているようなあんばいで、あれでは頭隠して尻《しり》隠さずではないかと、佐和は一行のこの先を案じながらも、男の白塗りの顔には、苦笑せずにはいられなかった。

その一月《ひとつき》後の事だった。

市兵衛は、御船蔵近くの亀井《かめい》屋敷に、美味《おい》しい京風の豆腐屋が出来たと聞いて出かけて行った。

この江戸には豆腐屋は数え切れない程有る。

有名なところでは浅草蔵前にある『祇園《ぎおん》豆腐』だ。店構えは田舎家風で、朱色の大平椀《わん》に豆腐を盛って出す。もうひとつ有名なのは向こう両国の通り三丁目にある『泡雪《あわゆき》』だ。こちらの店構えも屋根に茅《かや》をふいたりして、鄙《ひな》びた家造りで、餡《あん》を掛けた豆腐をあわ雪と命名して出している。

いずれも看板に掲げているのは、京を想像させるような豆腐である。

また、『豆腐百珍』などという豆腐に特化した料理本まで出ていて、豆腐に寄せる江戸者の期待は大きい。

だが、一度本当の京豆腐を味わった市兵衛からすれば、いずれも京の豆腐には程遠いと思うのだ。

京の豆腐は柔らかく色白で美味だ。特に絹ごし豆腐なるものは、ことのほか柔らかく、持ち運びにも器の中に水を入れて浮かべるようにしなければならない程だ。

ところが江戸の豆腐は、固くて色も黒く、味も京の豆腐に比べれば格段の差がある。

上方の豆腐を知らぬ者は、これが最上だと思っている訳だが、一度京の豆腐の味を知った者は、あの豆腐をもう一度食べてみたいと思うものだ。

そこで市兵衛は、噂《うわさ》を聞いた豆腐屋に出向いてみたのだが、考えていた程の品ではなかった。とはいえ、近隣の豆腐屋の品より、柔らかくて白く、味もまあそこそこのものだった。

——佐和にも食べさせて感想を聞いてみたいものだ。

市兵衛は店の主《あるじ》に、へんろ宿に一度届けてくれるよう頼んでから帰路に就いた。

初夏の風は清々《すがすが》しい。久しぶりに季節を肌で感じながら弁財天を左に見て、川筋を行き交う船を追いながら歩いていく。

やがて一つ目の橋を渡って本所相生町《あいおいちょう》一丁目に降り立ったが、料理屋『松《まつ》葉《ば》屋《や》』の玄関前で、松葉屋の袢纏《はんてん》を着た若い衆と口論をしている男に気がついた。

「もうお断りだ。これまでの付けを払っていただかない事には、店にはもう上げられませんよ。これは女将《おかみ》の言葉ですから」

若い衆の険しい声は、歩いて来た市兵衛の耳にも、はっきりと聞こえて来た。

「だからぁ、新川のお店に行けば、おっかさんも弟もいますからって言ってるだろう。私がここで飲み食いしたお勘定なんて、すぐに出してくれるんだから」

男は若い衆に食い下がる。一見したところ、どこかの若旦那のようだ。身に付けているのは上物の絹だ。体つきも箸《はし》より重たい物を持った事がないような軟弱に見える。

「それがそうもいかねえんですよ、若旦那。あっしがお店に行ったんですが、番頭さんはこう言いやしたよ。払ってやりたいが今はそれどころじゃない、日を改めてくれと……結局一文も払って貰《もら》えず、あっしは追い返されているんですよ」

若い衆は、邪険に若旦那の手を振り払おうとした。

だが若旦那は、負けるものかと言うように、がっちりと若い衆の腕を摑《つか》んでいる。

市兵衛は聞くとはなしに聞きながら、料理屋の前を過ぎようとしたがその時、若旦那が声を荒らげた。

「番頭が追い返すなんて、そんな筈《はず》はありませんよ。うちは新川でも指折りの酒問屋ですよ。毎年毎年、万を数える樽《たる》の下り酒を仕入れている老舗《しにせ》ですよ。その老舗の問屋の、私は長男です。私を馬鹿《ばか》にしたら、もうこちらの店はお見限りだ。うちのお酒を欲しいと懇願されても知りませんから」

だが、若い衆は気の毒そうな目で若旦那を見たのち、鼻で笑って、

「払うものを払ってから、大きな口は叩くもんですぜ若旦那、さあ、お帰りを！」

若旦那を突き飛ばした。

「あっ」

若旦那は、難なく地面に転げ落ちた。

若い衆は冷たい笑いを若旦那に送ったが、そのまま店の中に入って行った。

若旦那は身体《からだ》を起こして立ち上がろうとしたのだが、

「イタタ……」

足首を押さえて、また腰をどすんと地面に落とす。

立ち去ろうと思っていた市兵衛だったが、見るに見かねて、

「どうした、足を痛めたか？」

近づいて若旦那に尋ねると、

「す、すみませんが手を貸していただけませんか」

泣き出しそうな声を出す。

「よし、摑まりなさい」

市兵衛は腕を貸して立たせてやるが、

「どなたか存じませんが、一夜の宿をお願いできませんでしょうか。お恥ずか

しいことではございますが、家にも帰れず、行く当てがございません」

　若旦那は手を合わせる。

「何、家に帰れぬとは、どういうことだね」

「はい、もう十ヶ月も家を出ておりまして、あっちの料理屋、こっちの料理屋と渡り歩いて泊めてもらっていたんですが、ご覧になった通り、近頃は門前払いを食ってしまいまして」

「いったい何が不満で家に帰らぬのだ？」

　市兵衛は訊《き》いたが、同時に厄介なことに手をさしのべてしまったかもしれないという思いが頭の中を駆け巡る。

「はい、私は新川沿いにある酒問屋の天野屋の長男で与太郎《よたろう》と申します。父親が昨年亡《な》くなりまして、さあ、店を継がなくてはという話になりましてね。でも私は店を継ぐのが嫌で、それで家出してきたんです。でもとうとう、おっかさんにも愛想をつかされてしまったようで……」

「困った人だな」

　市兵衛は、途方にくれている若旦那の顔を見た。

跡を継ぐのが嫌で家出したとは情けない男だと改めてその風体を見てみると、なるほど鼻翼の大きなほくろがやけに目立つが、眉《まゆ》も目も下がり気味で、いかにも覇気のない顔だ。

市兵衛の性格では、こういう男が一番苦手だ。とはいえ、このまま放ってもおけない。

「とにかく、その足ではどうにもならん。ここで少し待っていなさい、駕籠《かご》を呼んでくる」

市兵衛は言い置いて、辻《つじ》駕籠を探しに走った。

二

市兵衛は与太郎を、町駕籠に載せて宿に連れて帰って来た。

すぐに医者を呼んで足首を診て貰ったが、筋を違えただけで骨に異常はないという。医者は、湿布をして、痛み止めの飲み薬を置いて帰って行った。

「申し訳ない。この通りです」

若旦那は、市兵衛と佐和に手を突いた。

「この人は、南新堀町に店を構える酒問屋天野屋さんの若旦那で与太郎さんと言うらしい。そうでしたな」

市兵衛は若旦那に念を押す。

「はい、与太郎と申します。おかみさん、突然お伺いして相済みません。それに手当てもしていただき、しばらくこの宿に置いていただけるとのこと、ありがとうございます」

与太郎は、屈託のない顔で挨拶《あいさつ》をする。

「置いていただくって？」

佐和は市兵衛の顔を見た。

「帰れないというんだ、店にね。跡を継ぐのが嫌で家出を続けているのだそうだ」

市兵衛は困った顔で佐和に告げた。

「まあ……」

佐和は驚いて、やんわりと与太郎に訊いた。

「でも、親御さんは心配しているのではありませんか？」

「はあ、それはそうなんですが……昨年、長患《ながわずら》いをしていた父親が亡くなったんです。足がね、父親は一度倒れてから足が動かなくなりまして、おっかさん始め、私も弟も、店の者たちも一生懸命看病したんですが、駄目だったんです。そりゃあもう、良いお薬があると聞けば、長崎まで出かけて行って、どんなに高価な薬だろうと譲ってもらって、お医者が飲ませてくれていたんですけどね、だんだん弱って、とうとう亡くなったって訳です」

与太郎は自分が抱えている事情を話し始めた。

その口ぶりや表情は素直で嘘《うそ》はない人に見えるが、見方を変えれば、上方などで良く言われる、世事に疎《うと》い『あほぼんぼん』のようにも見える。見た所二十五歳前後のようだから、余程のんびり育ったようだ。

「さぞ気を落とされたことでしょうね」

佐和は慰めの顔で言う。

「はい、力が抜けました」

与太郎は、肩を落としてみせてから、また話を継いだ。

「父親が亡くなると跡継ぎのことが問題になりました。おっかさんは私に継げと言うのですが、私は、毎日毎日、酒樽のことばかり考えて暮らすのは苦痛でした。だって私は下戸なんです」

「下戸……下戸なのに料理屋に居着いていたのか」

市兵衛が呆《あき》れる。

「はい、お酒は頂きませんが、料理は頂きます。他に泊まるところもなかったので……それに、美しい女子《おなご》の姿を見ているのも好きですから……」

言ってから、しまったというような顔をして、

「私は一日中酒樽とつきあうのは、臭《にお》いを嗅《か》ぐだけで酔っ払って駄目なんです。おっかさんにはそう言ったんですが、私の言うことを聞いてくれません。それで私は家を出たんです」

ふうっと、与太郎は大きなため息をついてから、

「旦那さん、おかみさん、呆れておられると思いますが、店は私がいなくても大丈夫ですから。弟がね、しっかりしてくれていますから、弟は私と違って、お客のあしらいも良いし、同業者の評判も良いのです。私がいなくても、店は心配いらないんです」

頬に笑みさえ浮かべて言う。その顔は素直に弟を自慢している。

市兵衛は佐和と顔を見合わせた後言った。

「与太郎さん、おおよその話は分かったが、しかし逃げ回っていても、何も解決はするまいよ」

与太郎は、しゅんとなった。

「どう考えても、お前さんのやっていることは、店を弟に押しつけて、自分は料理屋を廻って遊んで暮らしている、そうとしか思えんだろう」

「いえ、それはその……」

「違うというのか」

市兵衛は険しい目で見て、

「料理屋を宿にして、その付けを店に取りに行かせるなど、お前さんのやっていることは、実家に負担ばかりかけて、長男として恥ずかしいと思わぬのか」

次第に厳しい口調になる。

「あの、私は私で、天野屋が繁盛《はんじょう》するように心がけているつもりです」

与太郎は顔を上げて弁明する。

「何、どういうことだ……」

市兵衛が問い質《ただ》そうとしたその時、お茶を運んで来たおとらが、与太郎の前にお茶を出したが、次の瞬間、

「あー！」

大声を上げて、佐和に言った。

「おかみさん、この人、ほら、浅草寺に行った帰りに出合った、踊り子たちの最後の方にいた、白塗りの」

おとらは、与太郎の顔を見ながら、自分の顔の小鼻をとんとんと指して知らせる。

「ほら、ほくろの」

「ほんと……」

佐和も気づいてびっくりして、

「私も先ほどから、どこかで会ったような、そんな気がしていたんです」

おとらに頷き、与太郎には、

「雪の華の、新酒入荷の触れ、あれは与太郎さんだったのですね」

念を押すように訊いた。

与太郎は、照れくさそうに頷くと、

「はい、私です。綺麗《きれい》どころの娘さんを集めて触れ踊りをやりました。弟の、店の手助けになれば良いと思って……」

そこで与太郎は突然首を伸ばすと「よういやさ〜お待たせしました　このたび灘より参る　初夏のお酒は『雪の華』〜」歌い始めたが、市兵衛の顔を見て、これはまずいと思ったか、口を閉じる。

怪訝《けげん》な顔の市兵衛に、佐和は一月前の、新酒雪の華を触れる一団のことを話した。

市兵衛は苦笑して頷くと、与太郎に言った。

「おまえさんの店を手助けしたいという気持ちは分かった。だがやはり、店を継ぐのが嫌なら嫌で、きっちりと親兄弟、店の者たちと話し合って決着をつけることが先ではないのか……」

与太郎は素直に頷いている。

「まあ、ここにいる間によく考えることだ」

　市兵衛は言った。

「天野屋の若旦那が、こちらにお世話になっているようでございますが……」

　翌日の昼過ぎに、五十がらみの男が宿を訪ねて来た。名を政五郎《せいごろう》という船主だった。

　住まいは酒問屋が連なる南新堀町に隣接する大川端町にあり、今朝おとらが、与太郎に託された手紙を届けている。

「これはこれは、どうぞお上がり下さいませ」

　おとらが応対に出て、二階の客間で休んでいる与太郎の部屋に案内しようとしたのだが、

「いや、こちらの旦那さんか女将さんにお取り次ぎいただきたい」

　と政五郎は言う。

　おとらはすぐに、市兵衛と佐和に知らせた。

「ご多忙のところを、あいすみません。あっしは政五郎と申しやして、新堀川で酒樽などを運ぶ伝馬船《てんません》の船頭をやっておりやす。本日は若旦那の滞在費をお

持ちいたしやした」

懐《ふところ》から懐紙の包みを取り出して置いた。

「三両入っておりやす」

市兵衛は頷いて、懐紙の中を確かめ、

「これを与太郎さんに渡しておけばよろしいのですな」

政五郎に言った。すると政五郎は、

「いえ、そちらで預かっていただいて、若旦那の宿代に充《あ》てていただければ……」

言葉を濁す。

「うちは安宿です。若旦那は足が治るまでの滞在です。このような大金は必要ない」

市兵衛は政五郎に、懐紙ごと突き返した。

「ですが、若旦那は食事も好き嫌いがあるようですので」

政五郎は再び市兵衛の方に、懐紙を進めて来る。

「政五郎さん、この宿は大店《おおだな》の若旦那だといって特別な扱いはいたしませんぞ。

看板にある通り、ここはへんろ宿。その名の通り、宿代は極力低く抑えている。ですから食事は質素で、例えば朝は、香の物と味噌汁《みそしる》とめざしが二匹と年中決まっている」

「いえ、決して特別扱いをお願いしているのではございやせん。若旦那にお渡しすれば、あっという間に使い果たして、こちらの宿代が払えない、そういうことになってはご迷惑を掛けると存じやして」

「そうですか、それならばいったん預かります。この宿を出る時に精算して、残金は与太郎さんに渡しましょう」

　市兵衛は日に焼けた律儀《りちぎ》そうな顔に言った。

「ありがとうございます、よろしくお願いいたしやす」

　政五郎は、ほっとした顔で頭を下げた。

「しかし、与太郎さんは何故《なぜ》、天野屋ではなく政五郎さんの所に連絡をしたのですかな。もしかして与太郎さんは、天野屋から勘当されていて、連絡しようにもできないのではありませんか」

　市兵衛は昨日の料理屋の前での出来事が気になっていた。あの料理屋の若い衆は、若旦那の付けを天野屋に取り立てに行ったようだが、門前払いを食ったと怒っていた。

そしてこのたびも、この安宿の払いを実家の天野屋に頼めず、政五郎に頼んだのではないか。市兵衛の与太郎に対する疑念は、いっそう膨らんでいた。

「いえ、勘当など、そのような事はございやせん」

政五郎は市兵衛の言葉を否定してみせたが、

「私が勝手にお世話をさせていただいているのです」

取り繕うように言った。

「ほう……なるほど」

頷いた市兵衛に、

「実はあっしは、昨年お亡くなりになった先代に大変お世話になっておりやしてね。話せば少し長くなるのですが……」

政五郎は、近くにあった煙草盆《たばこぼん》を引き寄せると、

「ごめんなすって」

断りを入れてから煙管《きせる》に煙草を詰めて火を付け、一服吸ってから、ぽんと灰

を落とし、
「あっしは、樽廻船《たるかいせん》の仕事を請負っている伝馬船の船主で、また船頭でもあるんでございやす」

まずそう切り出した。

樽廻船はその名の通り、樽ものを積んで運ぶ船のことをいう。酒や醤油《しょうゆ》などのことだが、近頃では菱《ひ》垣《がき》廻船に対抗して、米や他の物産なども積み合わせる。

大坂の港から江戸湾入り口まで酒樽などを運んで来た樽廻船は、直接河岸《かし》には入れない。そこで鉄砲洲《てっぽうず》沖の江戸湊《みなと》からは艀船《はしけぶね》や伝馬船に荷を移し、酒樽は新川の酒問屋の蔵に運ぶのだ。

樽廻船が一度に運んで来る酒樽は、千石船で千六百樽にもなる。驚くべき樽の数だが、下り酒は享保《きょうほう》の時代でも八十万樽も運んできていたから、この時代になると年間百万樽は優に超えている。灘の酒だけでも七十万樽近くになっているというから、上方全体の酒樽となると、政五郎などには正確な数字は分からない程だという。

とにかく年中酒樽を新川筋にある酒問屋に運ぶのが、政五郎の仕事である。

政五郎の伝馬船は十石船。常時人足三人を手下として使っている。一度に運ぶ樽は十八樽、他の伝馬船と競争するように、我先にと樽廻船から酒問屋の酒蔵に運ぶのである。

下り酒問屋天野屋の蔵にもむろん運んでいて、与太郎の父親で先代の丹兵衛《たんべえ》とは親しく言葉を交わす間柄だった。

ところが三年前のことだ。

政五郎は長患いの母親の命を助けたいがために、千代田の城の表医師《おもていし》に往診を頼んだ。縋《すが》る思いだったのだ。

しかし、母親の病は思うようには回復せず、とうとう看病の甲斐《かい》もなく亡くなってしまった。

残ったのは、膨大な額の薬礼だった。

政五郎は持ち船を質草にして、高利貸しから金を借り、薬礼を支払ったが、結局借りた金の支払いが滞って、とうとう伝馬船を手放す他方法がなくなった。

伝馬船には人足三人を使っている。政五郎の船の専属人足で、伝馬船を取られてしまうと、その三人の働き場所も奪ってしまうことになる。政五郎は苦しい所に立たされた。

そんな時だ。天野屋丹兵衛は、金貸しに談判し、政五郎の後見になってくれて、借金返済を緩やかなものにしてくれたばかりか、母親の見舞金として多額の金を施してくれたのだった。

政五郎は、丹兵衛のお陰で難局を乗り越えて、仕事も手を広げ、借金は昨年完済した。

「ところがです……」

政五郎は、そこまで話すと、口惜しそうに市兵衛と佐和に言った。

「その報告をさせていただいてまもなく、旦那はお亡くなりになりやした。見舞いに行ったあっしに、旦那は、与太郎のことが案じられる。道を踏み外さないように相談にのってやってくれ、そうおっしゃったのでございます」

「事情は分かりました」

市兵衛が頷くのを見て、

「与太郎さんは、けっして悪い人ではございません」

よろしくお願いしますと、政五郎は頭を下げて帰って行った。

三

へんろ宿の庭に、空を切る鋭い音がする。

さして広い庭ではないが、庭の片隅にシャラの木が伸びている。シャラの木は沙羅《さら》双樹《そうじゅ》とも夏ツバキとも呼ばれているが、今みずみずしい緑の葉の間に、白い蕾《つぼみ》や咲きはじめた花弁が見える。

以前この土地で暮らしていた者が残してくれた庭木だが、市兵衛も佐和も、とても気に入っている。

市兵衛は、そのシャラの木の葉の木漏れ陽の中で、片肌脱いで木剣を振っている。

「歳《とし》のせいか近頃身体がなまってきた、少し鍛えなくてはな」

などと言っているが元は旗本、剣客でもあった市兵衛は、時折剣の感触を確かめたくなるようだ。

庭一面に緊迫した空気が流れ、佐和もおとらも遠くから眺めることはあっても近づけない。

二階から下りてきた与太郎も、市兵衛には近寄りがたいとみえて、庭にはちらと視線を投げただけで、台所の方にやって来て、佐和とおとらに言った。

「出かけてきます。おかみさん、おとらさん、美味しい饅頭《まんじゅう》でも買ってきますよ」

「あら、いってらっしゃい」

おとらは、振り向いて笑顔で見送る。

へんろ宿に泊まるようになって五日、与太郎は足の具合も良くなったのか、昨日から朝食が終わると出かけて行く。

「ふふ、おかみさん、あの人、思ったよりもまともなんですね。優しい言葉を掛けてくれるじゃないですか」

おとらはすっかり、与太郎贔屓《びいき》になってしまったようだ。

確かに市兵衛の話から想像していた、大店の放蕩《ほうとう》息子というのとは少し違って、妙に優しいところがあった。

例えば、粗末な朝ご飯でも、

「美味しいですね。御飯の炊《た》き方が上手だし、この香の物は、おかみさんが漬けたんですか、美味しいです。母の味です」

　などと褒めるのだ。

佐和にしても、おとらにしても、悪い気はしない。

「人あたりも良いし、あのような白塗りで触れをしていたことを考えても愛嬌《あいきょう》もある。そんな人が、店の跡は継げないとは……」

　女二人は、首を傾《かし》げる。

その時だった。与太郎が出かけて行ったと思ったら、玄関で声がした。北町奉行所同心坂本数馬《さかもとかずま》の声だった。

佐和は玄関で出迎えると、やっとうの真似《まね》をしてみせた。

数馬は微笑《ほほえ》んで、玄関脇《わき》の垣根から庭に入った。

市兵衛の片肌脱いだ肩が、木漏れ陽の中にあった。張りのある筋肉質の肌は、老齢に差し掛かった者のものとは思えぬほどだ。

「親父《おやじ》さん」

　数馬の声に市兵衛は振り向くと、臍下《せいか》丹田《たんでん》の力を抜いて、

「久しぶりだな」

脱いでいた肩を袖におさめ、数馬を縁側に誘って腰掛けた。

「はい、近くまで来たものですから。それにしても親父さん、すごい気《き》魄《はく》ですね。私もまた、稽古《けいこ》をつけて頂きたいものです」

数馬は言って、佐和が運んで来たお茶を手に取った。

「この近くで何かあったのか……」

市兵衛もお茶を手に取って訊く。

「両国で喧嘩《けんか》沙《ざ》汰《た》です。それより親父さん、先ほど宿から出て行ったのは、酒問屋天野屋の若旦那じゃありませんか」

数馬が怪訝な顔で訊く。

「そうだ、天野屋の与太郎という人だが、知っているのか？」

「知っているどころじゃありませんよ。一月前にきれいどころに揃いの着物を着せて、大川端を練り歩いたんです。それで御奉行所に引っ張られて、こんこんと説教された筈なんですよ」

佐和は、側《そば》で聞きながら苦笑している。

「いや、実はな……」

市兵衛は、与太郎との出会いを、掻《か》い摘まんで話した。

「まったく、何を考えてるんだろうか。暢気《のんき》なもんだ。天野屋が関係しているかどうかは、まだ定かではありませんが、下り酒問屋の樽廻船が田子の浦沖で海難に遭ったと聞いていますよ」

「何……何時《いつ》のことだね」

「私の耳に入ってきたのはつい最近です。どのような海難か聞いていませんが、昨日『浦改《うらあらた》め』が出向いて行ったと聞いています」

浦改めとは、海難に遭った主要な荷主や廻船問屋などが、海難の地に赴いて『浦仕《うらじ》舞《まい》』と言われる事後処理を行うことをいう。

「天野屋さん、関わりがあるのでしょうか」

佐和の顔が曇る。

「もし、荷主なら大変なことになりますよ。それで店が潰《つぶ》れるってことだってあるのですからね」

数馬は言う。

不穏な空気が漂ったその時だった。おとらがやって来て告げた。

「二人連れの方です。泊めてほしいとおっしゃっています」

佐和は頷いて立ち上がると、おとらと一緒に玄関に出た。

「私たちは大坂から参った者です。私は久之助《きゅうのすけ》、こちらは女房のおあきでございます。数日泊めて頂けまへんやろか」

久之助の歳は二十半ば、物腰の柔らかさから商人かと思われたが、疲れた頬には乱れた髪が垂れている。

女房のおあきの歳は二十そこそこ、こちらも疲れた顔をしていて、悲愴感が漂っている。

――駆け落ち者かしら……。

ふと佐和は思ったが、おとらに二人を部屋に案内するよう言いつけた。

翌日の朝食の席はお客が三人、久しぶりに賑やかだった。

「いかがですか、遠慮無く召し上がって下さいませ」

佐和は掛けていた襷《たすき》を外すと、三人に笑顔で勧めた。するとすぐに、おとらが給仕をしながら朝食についての蘊蓄《うんちく》を披露する。

「おかずは香の物とめざし二匹、それにお味噌汁と決まっていますが、うちはひとつひとつの材料に拘《こだわ》っていますからね。そうそう、今朝の味噌汁の実につかっている豆腐、これね、近頃この江戸に出来た京豆腐の店の品です。旦那様が直々に出向いて吟味したものですよ。お味噌は八丁味噌、上方の方にはなじみがあるのでしょう？」

生き生きとしたおとらの顔を見るのは、こんな時だ。

与太郎は、うんうんと頷きながら、御飯を美味しそうに食べている。

そして、久之助とおあきも、箸を動かしてはいるが、なんとなく顔が暗い。

「お口に合いませんか？」

佐和が気遣って声を掛けると、

「いいえ、美味しいです。ありがとうございます」

おあきは応じるが、やはりその顔が晴れることはない。

久之助とおあきは、まもなく箸を置いて、

「ごちそうさまでした」

挨拶して立ち上がろうとした。

「お出かけになるんですか？」

与太郎が二人に声を掛けた。

「ええ、まあ……」

久之助が曖昧《あいまい》に返事する。

すると突然、与太郎はこの時を待っていたかのように、懐から一通の文を取り出し、

「この文を、新川の酒問屋、天野屋にお持ちなさい。きっとあなた方の力になってくれる筈です」

久之助の手を取って握らせる。

「これは……」

驚く久之助に、

「何も聞かずに……私は、宛名《あてな》にある天野屋の者です。天野屋といえば、新川でも名の通った下り酒の問屋です。店は、おっかさんと弟がやっていますが、私の手紙は、きちんと読んでくれる筈……」

与太郎の顔からは、心底二人を心配しているのが窺《うかが》える。

佐和は何があったのかと、きょとんとして見守っている。

「でも、見ず知らずの私たちに」

久之助はちらと佐和に視線を走らせたのち、困惑顔で言った。

「いいから、さっ、この手紙を持って行きなさい。私ね、昨夜、お二人の話を襖《ふすま》越しに聞いてしまったんです」

与太郎の言葉に、久之助とおあきの顔が強《こわ》ばっていく。

「すると、この手紙は……」

聞き返す久之助に、与太郎は自信満々の口調で言った。

「お二人が必要な金子《きんす》を渡してくれる筈です」

「それはしかし受け取れまへん。そんな厚かましいことは出来まへん」

久之助は手紙を押し返そうとする。だが与太郎は、

「袖振り合うも多生の縁と言うじゃありませんか。施しを受けるのが嫌だというのなら、暮らしを立て直した後に、少しずつでも良いですから、返済してくれたらいいんです」

もう一度久之助の手に、手紙を握らす。

「良いのでしょうか……」

久之助はまだとまどいを残した顔で、与太郎を見返した。

「私はね、弟に店は譲るつもりの人間です。だから、その代わりといってはなんですが、この手紙にある金額を融通してもらうことなど、なんてことはない話です」

与太郎の強い言葉に、

「すみません……それではお言葉にあまえて」

二人は深く頭を下げた。

「さあ、行ってきなさい。心配はいりません」

与太郎は二人を押し出すようにして、玄関まで行き見送った。

佐和は、与太郎が居間に戻って来るのを待って声を掛けた。

「与太郎さん」

その時、市兵衛も居間に入って来た。佐和がおとらに言って、呼んだのだ。

「あっ、旦那さん。私の足もすっかり良くなりましたよ、ありがとうございます」

与太郎の顔は明るい。何かを成し遂げたという達成感が顔に表れている。佐和がなぜ、案じ顔で自分を呼んだのか分からないようだ。

「与太郎さん、あの二人、いったい何があったというのだね」

市兵衛は与太郎にそこに座るよう勧めて訊いた。

「あっ、あの二人ですか……実は昨夜、お隣さんは大変だったんですよ。もう生きてはいられない、死ぬしか道はないなどと言っていたんです。襖越しに聞こえてきましてね」

与太郎は、気の毒そうな顔で言う。

「ふむ、理由は何だね？」

市兵衛は訊く。

「理由は知りません。ただ、今ここに二十両もあれば、死なずにすむのにと、お内儀の方が泣いておりましたから」

「与太郎さん、すると、あの二人に渡した文は、天野屋さんに二十両のお金を用立ててやってほしいという……」

佐和は驚いて聞いた。理由も知らずにお金の融通を考えてやるなど、お人好《よ》

しにも程がある。すると、

「おかみさん、あの二人は心中するかもしれないんです。ですから私、お節介だと思ったのですが……」

与太郎は笑みを見せる。

「そうか……」

市兵衛は苦笑している。佐和も苦笑するしかない心地だ。果たして天野屋が、与太郎の文に応じてくれるのかどうかと、佐和も市兵衛も案じているのだ。

なにしろ与太郎が作った料理屋の付けを天野屋は払わなかったと聞いているし、与太郎の宿泊代金を、政五郎が持って来たのも気になっていた。

佐和も市兵衛も、久之助おあきの様子を案じて見ていたが、目の前にいる与太郎のあっけらかんぶりにも、半ば呆れ、半ば案じているのだった。

四

さかえゆく

きみの千歳《ちとせ》を
言祝《ことほ》ぎて
常磐《ときわ》の松の
色まさりけり

佐和の一弦琴《いちげんきん》が、へんろ宿に響いている。

どちらかというといつもの一弦琴のもの悲しい音とは違って、ゆったりとした中にも華やかな音色のある曲である。

チリチリテンシャン、チリチリテン。

松の長寿と、その葉が青々と茂る様子、それに、この世の目出度《めでた》さを重ね合わせた曲である。

初夏の庭、そして山肌の、ここにもそこにも見える松の緑、そこに初夏の風が吹き、豊かな田園が広がり、鳥がさえずり蝶《ちょう》が舞う。そんな印象を受ける曲の前半である。

二階から与太郎が静かに下りて来て、佐和が演奏しているのを、片隅に座ってじっと聞き始めた。与太郎の顔は、懐かしそうな、それでいて愛《いと》おしげな色に染まっている。

佐和は、与太郎の姿に、ちらと視線を走らせながら一弦琴を弾いていく。

ときわのまつの
いろまさりけり

曲の調子はここから一転速くなる。一弦琴なのに十三弦の箏《そう》のような華やかさがある。

松の緑の前で、美しい女二人が、絹の羽衣をふわりふわりと振り踊っているような情景が浮かぶ。

「くく……」

与太郎が声を殺して嗚咽《おえつ》する。

「与太郎さん……」

佐和は、一弦琴を弾く手を止めて与太郎を見た。

「すみません、つい、昔を思い出してしまいました」

与太郎は、柄にもなく頬の涙を拭《ふ》き取った。

「哀《かな》しい思いをさせてしまったのですね」

佐和が、与太郎に歩み寄る。

「いえ、私は懐かしくて嬉《うれ》しかったんです。おかみさん、私の母は上方の人でした。灘の酒造元の娘でした。その母が、私がまだ五歳の頃だったと思うのですが、今の曲を弾いていたのです」

「まあ、それじゃあ、おっかさんも一弦琴を？」

佐和は嬉しそうな顔で訊いた。

「はい、若い頃に習ったと聞きました。その曲は、天野屋の繁栄を願う曲だと言って弾いておりました。母が亡くなってから久しく一弦琴を聴くことはなかったのですが、こうして偶然、おかみさんの琴を聴けるなんて……」

与太郎は、しんみりと言う。

「すると、今のおっかさんというのは？」

少し驚いて訊いた佐和に、

「母が亡くなったあとに入った人です」

そう告げたが、すぐに、

「今の母は江戸の得意先の人です。名をおたねっていうんですが、私を愛情をもって育ててくれました。ですから、生みの母を思い出すこともなかったのですが、おかみさんの琴で久しぶりに思い出しました」

義理の母を庇《かば》う言葉を付け加えたが、産みの親を失った寂しさが、笑ってみせる与太郎の顔に見える。

「そうだったんですか、生みの母のおっかさんが琴を……」

佐和は心のどこかに、すとんと落ちたものがあることを感じていた。大店の長男の癖に、なんたる体たらくだと、見ていて情けなくなる思いをしていたのだが、与太郎には与太郎の事情があったのだ。

「では弟さんは……今のおっかさんのお子さんですか？」

佐和は訊いてみる。

与太郎が綺麗どころの女たちを雇い、天野屋の酒を触れさせていたのは、店を継ぐ弟の手助けの為《ため》だと言っていたからだ。

「弟は、今のおっかさんが産んだ子です。私よりも、よっぽど良く出来た男ですから、私も安心して見ているんです」

「そう……でも与太郎さん、与太郎さんも今のままでは……」

「はい、私も色々と考えているんですが、決めかねています。おかみさん、この宿で、ゆっくり考えさせて下さい」

与太郎は殊勝な顔で、佐和に手を突いた。


その頃市兵衛は、天野屋の前に立っていた。

先ほどまで数馬と会っていたのだが、その数馬から天野屋もやはり海難に遭ったようだと知らされたのだ。船の浦改めに、天野屋の人間も加わって田子の浦に向かったようだと。

「もしそうならば、天野屋の店は大変なことになるんじゃないですかね」

数馬はそう言ったのだ。

海難に遭った樽廻船に酒樽をどれだけ積んでいたかにもよるが、損害は五百両や六百両で済むとは思えない。酒問屋にとっては、驚天動地の出来事で、今後の経営に大いに影響するに違いない。

ならばなおさら、一度天野屋を訪ねてみなければと市兵衛は思った。

数馬に会って海難の話を聞くまでは、単に与太郎がへんろ宿に滞在していることを告げ、そうなった原因を、じっくり話し合うことで解決できるよう仲立ちをするつもりだったのだ。

だが、天野屋が海難に遭ったのが事実だとすると、与太郎にもそのことを告げてやらねばと思う。

市兵衛は、新川に軒を連ねる問屋の表を眺めた。いずれの問屋も、道路を隔てた川岸に酒蔵を持っている。船で運ばれてきた酒樽を、いったんその蔵におさめるためだ。

今日はその蔵から、人足が樽を運び出し、荷車に積んでいる。一帯は活気に溢《あふ》れ、ここに軒を連ねる店は、どこまで栄えるのだろうと思えるほどだ。では天野屋はと見ると、心なしか人の出入りも少なく、ひっそりしているように思えた。

「ごめん、私は回向院前で、へんろ宿を営んでいる市兵衛と申す者ですが……」

玄関に入って皆まで述べる間もなく、市兵衛は奥の座敷に通された。

すぐに、店のおかみと思われる人と、年老いた番頭が部屋に入って来た。

「おかみのおたねと申します。こちらは番頭の藤助《とうすけ》です」

おかみは自分の名と番頭の名を告げると、

「政五郎さんから聞いております。与太郎が、お世話をおかけしているとか……いずれ近いうちに私も、ご挨拶にと思っていたのですが、取り込んでおりまして」

手を突いて言う。

「いえいえ、挨拶など無用です。実は少し与太郎さんのことが気になっていたものですから……」

市兵衛は、与太郎と出会った時の、料理屋の若い衆とのやりとりを二人に話した。

その上で、借金を重ねながら料理屋暮らしをしていた与太郎が、今朝にはへんろ宿に宿泊している二人に手紙を持たせ、天野屋に金の融通を頼んだのを見ている。与太郎の純なる思いやりを、善意の振る舞いとして、このまま見過ごしていて良いものかという思いにかられて、市兵衛は天野屋にやって来たのだと告げた。

「ご心配をおかけしています。実は夫が亡くなってから、店の台所は苦しくなっておりまして、いえ、これは、与太郎には話していないことなので、与太郎を責めることはできません。与太郎にいらぬ心配を掛けたくなかったのです。ですから、あの子が世話になった料理屋の皆さんにも、ご迷惑をおかけしたりと……お恥ずかしいことですが、今は一分金一枚、一朱金一枚も使う時には思案するような有様でございます。本日与太郎の文を持ってみえた二人の方にも二十両のお金など、とても融通してさしあげることは出来ず……」

　おたねは、苦しげな表情で言葉を中断した。すると、側から番頭が口を添えた。

「市兵衛さま、あのお二人には、おかみさんがご自分のかんざしなどいくつかお渡しになりました。質草にしてお金に替えれば、少しは役に立つだろうとおっしゃって……」

「そうだったのですか……しかし、そういう事情なら、与太郎さんには本当のことを伝えた方が良い。与太郎さんはこの店の嫡男《ちゃくなん》。嫡男としての責任を持たせた方が良い。そうは思いませんか」

市兵衛は苛立《いらだ》っていた。なぜそこまで与太郎を甘やかしているのかと。すると、

「おっしゃる通りです。与太郎とは膝《ひざ》を交えて話さなければと思います。あの子が家を出たのは、弟への気遣い、心の優しい子なんですから」

おたねがそう言えば、

「市兵衛さま、与太郎さんは、先妻の方が生んだお子で、それでおかみさんには遠慮があったのでございます」

番頭はまた言葉を添える。

「では、義理の仲……」

市兵衛は、そうだったのかと今更ながら納得がいった。

「おかみさんは……」

番頭は、ちらとおたねに視線を流してから言った。

「どうしてもこの店を、与太郎さんに継いでもらいたい。ずっとそのようにお

っしゃって、与太郎さんが心を決めて帰って来てくれるのを心待ちにしていたのです。ただ……」

番頭は、言葉をいったん詰まらせてから、

「これはまだ得意先にも伝えていないのですが、このたび樽廻船『福寿丸《ふくじゅまる》』が海難に遭いまして、被害の多《た》寡《か》によっては問屋を畳まなければならず、与太郎さんに店を継がせるのなんのという話ではなくなったのでございます」

「そうでしたか、海難に遭われたのですか」

市兵衛は、思案の顔で頷いて、

「それで、被害の状況はまだ？」

おたねを見る。おたねは、気丈な顔で言った。

「利《り》助《すけ》という若い番頭と、次男坊の禎次《ていじ》郎《ろう》に現場に向かってもらいました。まだ被害の全容はわかっておりません。その知らせを待っているところでございます」

流石《さすが》は問屋の内儀だ。その顔には、並々ならぬ覚悟が見えた。

五

へんろ宿は重苦しい空気に包まれている。

久之助とおあきが揃って座り、その前には油紙を広げた上に、銀や珊瑚《さんご》の細工物のかんざし三本と鼈甲《べっこう》の櫛《くし》、それに手の込んだ西陣の刺繍《ししゅう》の紙入れが有る。天野屋の内儀おたねが二人に渡したものだ。

そしてその二人に向かって座っているのは、今にも泣き出しそうな顔をしている与太郎だ。

さらに、与太郎を見守るように座る腕を組んだ市兵衛と、じっと見守る佐和がいる。離れた場所では、心配げな顔のおとらの姿も見える。

「私の手紙を持っていったら、おっかさんがお金は融通できないがと、これを渡してくれたっていうのですね……」

与太郎は、哀しげな顔で銀のかんざしひとつを取り上げ、

「このかんざしは、おとっつぁんが特注してくれた品だと言って、おっかさんが大事にしていたものの一つなのに……おっかさんは私の頼みだと思ってこれ

らを……そんなにお店が困っていたなんて、にわかには信じられない」

　力なく言う。すると久之助は、

「申し訳ございまへん。私たちのために辛《つら》い思いをさせてしまいまして……これ、お返しいたします。二人で質屋の前まで行ったのですが、大事なお品のようでしたんで、とても質に出すなど大それたことは出来しまへん。お気持ちを頂いただけで私たちは幸せです。どうぞこのお品はお返しいたします」

　久之助は、油紙を与太郎の方に押した。

「いやいや、それは出来ません。おっかさんの心を無駄にしてしまいます」

　与太郎は押し返す。

「久之助さん、なぜ上方から逃げたのだ……話してもらえぬか」

　市兵衛は、組んでいた腕を解き、二人の顔を見た。

「はい、こうなったら、恥ずかしい話ですが何もかもお話しします。私は大坂の日本橋で醤油屋をやっております『大和屋《やまとや》』の次男坊でございます。そしておあきは、近くの長屋に住む幼なじみです……」

　久之助は、ちらとおあきに視線を投げてから子細を話した。

それによると、近頃得意先に養子に入るよう父親から命じられた久之助は、かねてより二世を誓っていたおあきに会いに行った。ところがおあきも、女郎屋に銭一貫で売られるところだった。

久之助は父親に、おあきと夫婦になれるよう頼んだが、商人の結婚は商いのひとつだと厳しく叱《しか》られ、言うことが聞けないのなら、家を出ていくよう告げられた。

おあきと一緒になりたい久之助は、高利貸しから金を借り、その金を女衒《ぜげん》にたたきつけて、おあきと手に手をとって江戸に逃げて来たのだと言う。

「感情に溺《おぼ》れて後先考えず逃げてきましたが、借りた金を返すあてもなく、二人で死ぬしかないのかと……せめて死ぬ前に夫婦として過ごし、この江戸で思い出をつくろうと……」

「わかった」

市兵衛は頷くと、

「死なずとも手立てはある筈、私にも考えさせてくれ」

そう二人に告げて、二階の客間に上がらせた。

「さて、与太郎さん、あんたのことだが、明日私が一緒について行ってもよい。とにかく店がどのような状態にあるのか知るべきだ」

厳しい顔で言った。

「信じがたい話です。店が二十両のお金も用意できなくなっているなんて少しも知らずに……弟に店を譲るなどと言ってふらふらしている間に、天野屋が窮地に陥っていたなんて……」

与太郎は自分に言い聞かせるようにぶつぶつ言ってから、きっと顔を上げて、

「市兵衛さん、間違いのない話なんですね？」

どうしても信じられないらしく念を押す。

「残念だが、おかみさんと番頭さんから聞いた話です。亡くなった与太郎さんの父御は、取引先の灘の酒造元の保証人になっていたようです。保証人になることで、その酒造元の酒を独占しようとしたが、今年に入ってその酒造元が人の手に渡った。借金を返せなかったのです。当然その借金は天野屋が肩代わりすることになり、六百両余の額を払った。そこにきてこたびの海難事故。樽廻船に天野屋が積み込んでいた樽は五百樽、全《すべ》て失ったとなれば、一千両の損害

だと聞いた」

市兵衛は、天野屋で聞いた損害の額についても説明した。

「私は、私は何も知らずに……」

与太郎は呆然《ぼうぜん》とした。

「与太郎さん、まだ諦《あきら》めてはなりませんよ。世の中は思い通りにはいかないことばかりです。理不尽なこともこの世には溢れています。でも、亡くなられたおっかさんは、それを知っていたからこそ、あの常磐の松の曲がお好きだったのではないでしょうか。あの曲を思い出して下さい。あの曲は、くじけそうになる心を鼓舞する曲でもあると思います。何があってもくじけない。常磐の松のように強く生きる。おっかさんは、そんな気持ちを持ち続けて、天野屋のおかみさんとして過ごしていたのではないでしょうか」

それまでじっと聞いていた佐和が言った。

「おかみさん……」

与太郎は佐和を見た。その目は次第に潤《うる》んでいった。

翌朝与太郎は、市兵衛に付き添われて天野屋に帰った。

「おっかさん！」

与太郎が店の中に駆け込むと、おたねも奥から走り出て来て、

「与太郎、よく帰って来てくれましたね。これから番頭さんにお願いして、お前に戻ってもらおうと思っていたところです」

与太郎の手を取った。

するとそこに番頭も出て来て、与太郎に言った。

「若旦那、よく戻って下さいました。おかみさんも、どれほど心丈夫かしれませんよ」

「どうして店が大変だと、私に教えてくれなかったんだよ、おっかさん。分かっていれば、私は料理屋など梯子《はしご》をすることはなかったんだ」

与太郎は、おたねの腕を掴んで揺する。おたねは揺すられながら、うんうんと頷いて、

「与太郎、私には分かっていたんですよ。お前がどんな気持ちで家を出たか。家を出ても常にこの店のことを思って、川開きになると直《す》ぐに店の触れをして

くれましたね。御奉行所からは厳しいおしかりを受けましたが、私は嬉しく思っていました。いろいろと辛い思いをさせてしまってすまないねえ」

与太郎の手を握り返す。

「すまないのはこっちだよ、ごめんよ、おっかさん、心配かけて」

「いいえ、私はね、いつかおまえは帰って来てくれる、そう信じていました。だってお前は私の子、禎次郎と同じ私の子……ずっとそう思って暮らしてきたし、お前だって私を、お前を産んだおっかさんのように慕ってくれて今日まで暮らしてきたではありませんか」

「おっかさん……」

「だからね、お前が家を出たとき、私はこう思ったのです。少しぐらい羽を伸ばしても良いのではないかって。それは禎次郎だって同じ。これから二人は、この屋台を背負って一寸の隙《すき》もみせないような暮らしを続けなければならないのだもの。今のうちに世の中を見て、それで戻って来てくれればいい、そう思っていたのです」

与太郎は、言葉にならずおたねの袖を摑んだままだ。

市兵衛は、その様子をじっと見守っている。

母と息子の間には、心配するような隔たりはなかったようだ。母は子の心を汲《く》みながらも店に帰って来てくれると信じていたし、与太郎は与太郎で、育ての母への感謝は深く、それが為に店を継ぐことを辞退したが、それでも心の中では店の繁栄を願っていたのだ。

「ただね、与太郎」

おたねの顔が、一転険しくなった。

「船が海難に遭って先が見えなくなりました。結果次第によっては、この店を畳まなければならないのです。与太郎にも禎次郎にも、このこと、しっかりと見届けてほしいと思います。商いをしていれば、こういう思いがけないこともあるのだと、今後に生かしてほしいと思います。だから市兵衛さんにも相談させていただいて、とにかく店に帰って来てもらおうと、そう考えたのです」

与太郎は、涙に濡《ぬ》れたような目で、市兵衛の方を見た。

市兵衛は頷いてやった。

するとおたねは、きっぱりと言った。

「まだみんな諦めている訳ではないのですよ。政五郎さんも心配して下さって、五日前に大坂に戻る廻船に便乗させてもらって田子の浦に向かいました。むこうには禎次郎と番頭さんが荷主として出向いています。損害の様子も、もうそろそろ分かるのではないかと待っているところです。与太郎、万が一の時には、親子三人、手を取り合っていちから出直しましょう。小さな店から出直せばいい。おっかさんはね、それぐらいのへそくりはしています。亡くなった旦那様のためにも、私は決して諦めませんよ。手を貸してくれますね」

「おっかさん……」

与太郎が母に大きく頷いたその時だった。

「おかみさん、番頭さん、早飛脚です！」

表で樽の点検をしていた手代が、店の中に駆け込んで来た。

与太郎はむろんのこと、その場にいた者一同の顔が強ばった。

すぐに飛脚が飛び込んで来た。

「田子の浦からです！」

飛脚は書状をおたねに差し出すと、大きな息をついてそこにしゃがんだ。

おたねは急いで中の書状を読む。そのおたねを皆顔を固くして注視する。

まもなく、おたねの顔の緊張が解けていく。読み終えると、

「助かりました……これで命が繋《つな》がりました」

ほっとした顔で呟《つぶや》くと、その書状を市兵衛に手渡した。

「ご覧になって下さいませ」

「よろしいのですか？」

「はい、倅のことばかりか店のことまで、ご心配をいただいているのですもの」

市兵衛は頷くと、書状に目を走らせた。

文には、樽廻船は相模《さがみ》湾沖で暴風雨に遭い、湾内に避難しようとしたところ、岩礁《がんしょう》に当たって海水が船内に侵入し、積載物の半分は捨て荷をして海水侵入を防いだこと。酒樽の多くは無事だったこと。荷主が被《こうむ》る損害金の多寡は、これから役人の検分を終えて決まるが、当初案じていた被害は免れそうだ。まずは報告までと記してあった。

市兵衛は書状を畳んでおたねに返した。

「市兵衛さん、海難に遭った時に損じた額は、主な荷主が平等に負担することになっているのでございますよ。おそらく酒樽は船底の方に積んでいて海中に捨てることはなかったのかもしれませんが、船の上部に積んであった米などを海に投じて、それで船は沈まずに助かったのだと思います」

番頭が説明してくれた。

「まずは大難は逃れられたということだな」

「はい、まだ神は天野屋を見捨ててなかった、ありがたいことでございます」

市兵衛はそれを聞いて立ち上がった。すると、

「市兵衛さん、おかみさんに伝えて下さい。一弦の琴を聞かせていただき、ありがとうございましたと……心があらたまりましたと……」

与太郎が言った。その表情は、これまで見てきた与太郎ではなかった。強い決意が表れていた。

——さて……。

市兵衛は、ぶらぶらと永代橋《えいたいばし》に向かって歩いた。

次第に大勢の行き交う人とすれ違う。橋を渡れば永代寺や八幡宮《はちまんぐう》への道に通じる。

立ち止まって永代橋を眺めてみると、やはり江戸随一の優雅な姿は、この橋を措《お》いて他にはあるまいと、改めて思う。

市兵衛は橋を渡りながら、遥《はる》かむこうの江戸湾に浮かぶ幾艘もの船を見た。

――江戸の栄えは、この湾に入って来る廻船にあるのだ。

ゆっくりと渡りながら、さて残るは久之助とおあきのことだと思った。

天野屋のおたねから貰ったかんざしなど質には出すまい。ならば、市兵衛が考える手立てはひとつ。大坂の町奉行所与力、佐久間四郎左衛門《さくましろうざえもん》に文を書き、それを二人に持たせるつもりだ。

佐久間とは大坂で知り合った。市兵衛が剣術修行で大坂に立ち寄った時、悪漢に襲われていた佐久間を救ったことがあった。それが縁で大坂滞在中には、しばしば一緒に食事もした仲だ。

久之助とおあきの問題は、高利貸しとの決着をつけなければ前には進められぬ。

佐久間が仲に入れば、高利貸しは無茶な要求は出来まい。法定内の利子ならば、二人で働いて返済するのも無理ではなかろう。

橋を渡りながらそこまで考えて、もう一度市兵衛は、江戸湾を眺めた。

空は晴れ、海は凪《な》ぎ、雄大な光景が広がっている。

——死んで花実が咲くものか……この景色を、二人にも見せてやらねば……。

市兵衛はそう思った。

こほろぎ

一

「遠慮無くお上がり下さいませ。本日は鯖《さば》の味噌煮《みそに》、はまぐりのお吸い物、大根とお揚げの甘辛煮、それに香のものは千切りにして、歯の抜けた方でも美味《おい》しく召し上がれるようになっています。おかみさんの佐和《さわ》さまのお心遣いですよ」

おとらは、膳《ぜん》の前に座った老人に料理を説明した。

老人は徳兵衛《とくべえ》という者で、三日前から泊まっている。皮膚は日に焼けた焦《こ》げ茶色だが、痩《や》せていて、顔も皺《しわ》だらけ、口からのぞく歯は数本で、そのためなのか食が細い。

それを佐和は気遣って、この夜は徳兵衛の好きそうなおかずを献立にのせたのだった。

「すまねえ、宿代も普通の旅籠《はたご》から比べれば半額ほどなのによ、こんなにゴチになっては申し訳ねえな」

徳兵衛は、ごくりと唾《つば》を飲んで箸《はし》を取った。

そして嬉《うれ》しげな顔で箸と口を動かす徳兵衛を見ていたおとらが訊《き》く。

「それにしても、そんな身体《からだ》でよく江戸に出て来たもんだね。確か娘さんに会いに来たって言ってたけど、会ったんですか？」

「いや、まだだ」

「そう、長いこと会ってなかったんでしょうから、楽しみですね」

徳兵衛は小さく頷《うなず》いて箸を動かす。

おとらは、大きくため息をつくと、

「まったくね。親子が長い間会えないなんて悲しいことだもの、私も伜《せがれ》と生き別れていて、もう一生会えないかもしれないのよ」

つい愚痴る。

徳兵衛はふっと顔を上げて、おとらを見ると、

「そうですかい、世の中には似たような境遇の者がいるもんだ。婆《ばあ》さん、いつかきっと会えるよ」

慰めの言葉をかけた。

「ありがと。でも徳兵衛さん、婆さんは止《や》めてくれない？　あたしゃこう見えても、この宿のたった一人の女中なんですよ。確かに老いぼれではございますが、掃除、洗濯、食事の支度と、なんでもござれなんだ。見た目は婆さんでも、身体はまだまだ若いと思っているんだから」

　むきになったおとらに、徳兵衛はくすくす笑う。

「何が可笑《おか》しいのよ」

　おとらは、頬を膨らます。

「あっしも独り身だが、女房がいたなら、毎日こんな具合にうるさいんだろうなと思ったまでだよ」

「減らず口叩《たた》いて……おかわりは？」

　と訊いたところで、玄関に誰かが入って来たのに気がついた。

「お客さんかしら」

　よっこらしょっと立ち上がろうとした時、佐和が顔を出して、

「私が出ますから……」

おとらに言って玄関に向かった。

色白の肌に柳茶色《やなぎちゃいろ》の着物を着て半色《はしたいろ》の裏地がちらりと見える裾《すそ》を翻《ひるがえ》し、佐和が視界から遠ざかると、徳兵衛がぼそっと言った。

「しかし、ここの旦那《だんな》も威厳が有って人品卑《いや》しからずだが、おかみさんの佐和さまも美しい人だな」

「でしょう……私の自慢なんですよ。おかみさんは琴が弾けますしね。旦那さまは、やっとうの腕がすごいんだから……」

胸を張るおとらの言う通り、佐和はこの『へんろ宿』の女将《おかみ》である。そして一弦琴が弾ける。

また主《あるじ》の市兵衛《いちべえ》は元旗本だった人で、家が改易になって後、剣の修行の旅に出たが、それでは心が満たされず、四国の八十八カ所を巡ったのち、江戸に戻ってへんろ宿を始めたのだ。

佐和は京の料亭で一弦琴を弾いていたのだが、市兵衛が口説いて女房にしてここに連れて来たのである。

「さあ、こちらでお食事を先になさってください」

佐和が若い旅姿の町人を連れて部屋に入って来た。

「おとらさん、徳兵衛さん。この方の名は伊佐吉《いさきち》さんです。今夜からお泊まりになりますので、よろしくお願いいたします」

佐和が二人に紹介すると、今度は伊佐吉に、おとらと徳兵衛を紹介した。

「よろしくお願いします」

伊佐吉は言って座った。なんとなく他人の視線を避けているようなおどおどした感じの男だった。

すると奥から主の市兵衛が顔をみせた。佐和は伊佐吉の名と、数日の滞在だと市兵衛に告げた。

おとらが手際《てぎわ》よく膳を運んで来る。

「いただきやす」

伊佐吉は膝《ひざ》を膳に進めるが、

「うっ」

低くうめいて顔を顰《しか》め、手を背中にやった。

「怪我《けが》でもなさっているんじゃありませんか？」

佐和が気遣う。

「いえ……」

かぶりを振って否定すると、伊佐吉は黙々と食べ始めた。

「おとらさん、食事が終わったら、二階に案内してあげて下さい」

佐和は言う。

今へんろ宿は、二階ふた部屋とも空いていた。徳兵衛は一階の小さな部屋が良いというので、そちらに入って貰《もら》っている。

それにしても伊佐吉の顔は暗い。ずっと沈んだ様子の伊佐吉を、徳兵衛はちらりちらりと光る目で見ていた。

翌朝、朝食が終わると、徳兵衛は深川の八幡宮《はちまんぐう》まで出かけて来るのだと、市兵衛と佐和に話した。

「ご案内しましょうか？」

佐和が気遣って声を掛けると、

「何、実は大昔にこの江戸で暮らしていたことがございやしてね。良く分かっ

ておりやす。今日は娘のために作った草履に、この先も幸せに暮らせるように
ご祈《き》禱《とう》をしてもらおうと思いやしてね」

徳兵衛は、懐《ふところ》に押し入れていた包みをひょいと取り出して照れくさそうに笑った。油紙で包まれているその中に、近々会う娘の草履が入っているらしい。

「お気を付けて……」

佐和は徳兵衛を送り出した。

「佐和、二階の客は、まだ朝食は済んでいないのか？」

市兵衛は居間に用意された膳を見て言った。

「おかみさん、私が見てきます」

すぐにおとらが二階に上がったが、慌《あわ》てて下りて来た。

「伊佐吉さんはまだ床の中です。熱があるようです。でも、医者は呼ばなくていいんだと言うんです」

市兵衛はすぐにおとらと二階に上がって、伊佐吉の部屋に入った。

伊佐吉は憔悴《しょうすい》しきった顔をみせて臥《ふ》せっている。その額に手をやった市兵衛は、

「医者に診せた方がいい」

市兵衛の言葉を受けて、おとらが立ち上がるが、

「いい、医者は嫌いだ」

伊佐吉は、よろりと半身を起こした。

「それより旦那、ひとつおねげえしたい事があるんですが」

縋《すが》るような目を向ける。

「なんだね、言ってみなさい」

市兵衛は言った。

「へい、知り合いの女に会って来てほしいんです。あっしがこの宿にいることを話して、すぐに会いに来てほしいと……」

伊佐吉の目には必死なものが見て取れる。

「それはいいが、その熱が下がってからでも良いのではないかな。元気になれば自分で会いにいけるだろう」

市兵衛の言葉に、伊佐吉は首を振って否定し、

「実は、自分は訳あって会いにいけねえんだ」

苦しげに言う。

「まさか不義の相手ではあるまいな」

市兵衛は探る目になった。

「とんでもねえ、そんな仲じゃあねえんだ。あっしは一刻も早く出立しなくちゃならねえのだが、この身体のことは関係なく会いにいけねえ身でございやす。旅に出る前にせめてひとめ会って、幸せに暮らすよう励ましてやりたいんで……そうしないと心がこの江戸に残って旅立てないことに気づいたのでございやす」

「ふむ、なるほど……」

妙な話をするものだと市兵衛は思い始めた。

一方の伊佐吉は、まだどこか納得のいかない顔の市兵衛に気づいたようで、

「旦那、二世を誓った女なんでございますよ」

恥ずかしそうな顔を向けた。

「そうか、分かった。ただし、宿が出す薬を飲んでも熱が下がらなかったその時には、医者に診て貰ってくれますな。宿の主としての責任もある。どうだね

……」

市兵衛は伊佐吉の顔に問う。

伊佐吉は頷いた。

「よし、ならばおまえさんの伝言を伝える相手を教えてくれ……」

「へい、名はおたつと申しやす。所は本所《ほんじょ》の南六間堀町《みなみろっけんぼりちょう》、神明宮《しんめいぐう》のすぐ側《そば》の裏長屋でございやす」

伊佐吉は、ほっとした顔で言った。

市兵衛はおとらと階下におりると、宿に置いてある熱冷ましの薬を飲ませるよう言いつけて、案じ顔で近づいて来た佐和には、

「出かけて来る」

そう告げて支度にかかったが、帯を締めながら、

「どうも似ているように思うな」

何度も首を傾《かし》げた。

「何のことでございますか？」

身支度を手伝い、最後に扇子を手渡した佐和が訊いた。

「ふむ、昨日の早朝出かけた時に、小伝馬町《こてんまちょう》の……」

と言いかけたが、

「やはり、人違いだろう」

途中で口ごもった。

「いやですね、何が人違いなんでしょう。途中で話を中断されては気持ち悪いじゃありませんか」

佐和は、きゅっと睨《にら》む。

「いやいや、私の勘違いかもしれないのだが、昨日の朝、小伝馬町の門前で敲《たた》きの刑があったんだが、歯を食いしばって刑を受けていた男に、伊佐吉さんが似ていたものだからね」

「まさかそんな……近くでご覧になったんですか？」

佐和は笑って訊く。

「いや、人垣の後ろから覗《のぞ》いただけなんだが」

「冗談じゃありませんよ。いくらなんでも、敲きを受けたような人がこの宿に……」

言っているうちに、もしやと佐和の顔は曇る。

「何、もしそうだからと言って怖がる必要はない。この世の中、罰を受ける者が必ずしも悪い奴《やつ》だとは限らぬ。わが笹岡《ささおか》家だって、奸計《かんけい》に嵌《は》まって改易になったようなものだ。お前にはそこのところを詳しく話してはいないが、浪人暮らしを余儀なくされた私が、佐和の目には罪を犯した人間に見えるのか」

　市兵衛は優しい目で佐和の顔を覗きこんだ。

「旦那さま、そんな事を私が思っている筈《はず》がございません。それは良くご存じではありませんか」

　むきになった佐和に、市兵衛は大きく頷くと、

「佐和、この宿は世間の表通りを歩くのが苦痛な者たちのための宿でもあるのだ。私が四国の八十八カ所を巡る旅で出会ったへんろ宿は、現世における地位や貧富、身分や過去の行いなどいっさい問わなかった。仏の前で手を合わせる者を分け隔て無く受け入れてくれたのだ。絶望の淵《ふち》に立たされていた者も、八十八カ所を巡っているうちに生気を取り戻す、その一翼をへんろ宿は担《にな》っていた……」

「ごめんなさい、私、つまらぬことを申しました」

佐和は言って目を伏せた。

「何、お前の心配が分からぬ訳ではない。ただ今は、そっと見守ってやろうじゃないか。伊佐吉さんがどのような罪を犯したのか知らないが、重い覚悟をして、この宿にやってきたのだ。そのような者を見捨てることは出来ぬ」

市兵衛はそう言うと、伊佐吉の熱が下がらないようなら、純庵《じゅんあん》先生に診てもらうよう佐和に頼んで宿を出た。

二

おたつが住んでいる裏長屋は、すぐに分かった。

神明宮を右に曲がった、たばこ屋の横手に、おたつが住んでいるという裏長屋があった。

片方が棟割り長屋、どぶ板を挟んでもう片方が割り長屋になっていた。おたつが住んでいるのは棟割り長屋と聞いているが、市兵衛は井戸端で数十本の大根を、藁《わら》のたわしで洗っている中年の女房二人に歩み寄って訊いてみた。

「おたつさんのこと……」

面倒くさそうに言って、二人は顔を見合わせて苦笑した。

「私は回向院《えこういん》前で宿を開いている者ですが、知り合いからおたつさんの様子を見てきてほしいと頼まれたものですからね」

市兵衛は言った。

女房二人は見知らぬ市兵衛の姿に、訝《いぶか》しげな視線を送っていたが、宿の主だと告げると、すぐに警戒心を解いた。そして、

「旦那、おたつさんは、もういないよ」

色の黒い痩せた女が言った。

「いない……どこに引っ越して行ったのですかな、行き先は分かりますか」

引っ越したと聞いた市兵衛は、これは手間がかかるかもしれない、ふとそう思った。

「それがさあ、おたつさんは大家さんにも黙って、ここを出たんだからね、どこに行ったのか……呆《あき》れた女だよ」

痩せた女が言うと、

「しかも変な男が迎えに来てさ、色の黒いげじげじ眉毛《まゆげ》の男さね、その男と一緒に出てったんだから。全財産はたいておたつさんを身請けした伊佐吉さんが可哀想《かわいそう》だよ」

太った女は憤慨している。

「やっぱり女郎あがりだねぇ、短い間であれ、長屋の者はおたつさんを喜んで仲間に迎え入れたんだ。伊佐吉さんに幸せになってほしいと思ったからさ」

「そうか、おたつさんは伊佐吉さんが身請けして、ここで一緒に暮らしていたんだね」

「そうだよ。伊佐吉さんが借りた家だよ、ここは。おたつさんは、つい最近やって来た人なんだから。それなのに、伊佐吉さんがお役人に捕まって小伝馬町に入れられたらしいと聞くや、さっさと家を出ていくんだから。せめて皆さんお世話になりました、ぐらいのことも言えないのかと思ったね」

痩せた女は、腹だち紛れに、藁だわしで、ぎゅっ、ぎゅっと強い力で大根を洗っていく。

市兵衛は驚いていた。伊佐吉が小伝馬町に入れられていたとは……伊佐吉はそのことを伏せて宿にやって来たのか――。

――やはり、昨日門前で五十敲きの刑を受けていたのは、伊佐吉だったのかもしれぬ。

市兵衛は裸で俯《うつぶ》せにされた若い男が、歯を食いしばって敲かれているのを見ている。

市兵衛がほんの少し思案をしているその顔に、何かを感じたらしく、痩せた女が訊いて来た。

「旦那さんは、もしやおたつさんの知り合いですか。気を悪くしたのならごめんなさいよ」

「いや、違います。さる人から頼まれましてね、それでやって来たのです。手を止めさせて申し訳ないが、少し伊佐吉さんとおたつさんの話を聞かせてもらえませんか……」

市兵衛は、二人の顔を見た。

すると二人は頷き合って、代わる代わる市兵衛にしゃべった。

それによると、伊佐吉は出職《でしょく》の大工で、この長屋には、かれこれ五年暮らしていた。若いのに酒も我慢して金を貯《た》め、半年前には三十両貯まった、もう少しで横町に店を構えることが出来るのだと、女房達に話してくれていたのである。

　ところがそれからまもなくして、深川の女郎屋に通っているらしいという噂《うわさ》が立った。

　長屋の者たちは、常々伊佐吉のつましく真面目《まじめ》な暮らしぶりを見てきている。いったい何があってあのようになったのだと案じていたら、女郎を身請けした、女房にするつもりだからよろしく頼むと挨拶《あいさつ》したのだという。

「まるで人がかわっちまったようでしたよ。でもね、女郎を女房にした人で幸せな人だってたくさんいる訳だから、私たちも良かったねって言ってあげたんです」

　痩せた女はそう言った。伊佐吉はその時、こう返したらしい。

「店を持つために貯めていた金は消えてしまったが、この長屋でまた出職をして頑張るよ。店を持つ望みは捨てていないし、今度は女房と二人頑張れば金も貯まるのが早いからな」

そこまで決心した伊佐吉だ。長屋の者たちは応援していた。だから身請けされてやって来たおたつを温かく迎えてやったのだ。

ところがひと月も経《た》たないうちに、伊佐吉が博打場《ばくちば》に通ったり、富くじを買ったりしているらしいという噂が立った。

長屋の者たちは眉を顰《ひそ》めながらも案じていると、半月前には、伊佐吉が喧嘩《けんか》をしてお縄を掛けられたという話が飛び込んで来た。

まさかあの伊佐吉が、そんな筈はないと、以前の伊佐吉を知る者は耳を疑ったが、岡っ引がやって来たことで、話は本当だったんだと知る。

おたつが、迎えに来た男と長屋を出て行ったのは、岡っ引がやって来た翌日のことだったのだ。

「そういう訳でね、旦那……」

話し終えた女房二人は、不快な顔で息をつくと、

「まるで、伊佐吉さんが役人に捕まるのを待っていたかのように出て行ったんでございますよ、おたつさんは」

痩せた女が、吐き捨てるように言った。

「ほんと、伊佐吉さんが可哀想。男って女に狂うとろくな事がないよ。旦那、そういう訳だから、あんな女のことなんて、放っておくしかないんじゃないかね」

言うまでも無い事だというように、太った女も痩せた女に口を揃《そろ》えたのだった。

「あら、お帰りなさい。たったいま、純庵先生がお帰りになったんですよ」

佐和は、金だらいを持ったまま振り返り、帰宅した市兵衛に言った。

「熱が下がらなかったのだね」

市兵衛は訊く。

「はい、ずっと高くて……様子を見に行ったおとらさんが、気を失ったようにこんこんと眠っているっていうので、おとらさんに純庵先生を呼んでもらったのです」

「そうか、で、その後の容体は？」

「落ち着いてます」

佐和はそう言ったが、すぐに改まった顔になって、

「純庵先生がいらした時、丁度徳兵衛さんが帰って来まして、伊佐吉さんを見舞いに二階の部屋に上がったんですが、気になることを言ったんです」

佐和は声を潜めた。

佐和の話によると、純庵は伊佐吉の肩に傷があることに気づき、徳兵衛の力も借りて伊佐吉の身体を動かして背中を見た。そしたら、そこにもここにも無数の傷があり、皮膚は紫色に変色していたのだ。

「この傷だな、熱の正体は……しかしこれはいったい」

純庵が呟《つぶや》いたその時に、

「先生、この背中の傷は何かに打たれた痕《あと》ですぜ。どこでやられたのか、まさか奉行所の敲きにあったんじゃねえだろうな」

徳兵衛は、そう言ったのだ。

佐和は、その言葉を聞いてぎょっとした。

市兵衛から昨日の早朝出かけた時に、牢《ろう》屋敷の門前で敲きに遭っていた男が、伊佐吉とそっくりだったと聞いていたからだ。

「敲きか……するとこの男は」

純庵は驚いた顔で、徳兵衛の顔を見た。

「あっしが知っている敲きに遭った者の傷と良く似ているんだ。しかしこんな身体で、何をやってるんだこの男は……婆さんから聞いた話じゃ、女に会いたいって言っていたらしいが、それどころじゃねえだろうよ」

徳兵衛は哀れむような口調で伊佐吉を見た。そしてぶつぶつ言いながら階下に降りて行ったのだ。

佐和が話し終わると、市兵衛は大きく息をつき、

「そうか、そんなことがあったのか。佐和、おたつさんが暮らしていたという長屋でも妙な話を聞いてきたんだ」

市兵衛は煙草盆《たばこぼん》を引き寄せると、煙管《きせる》に煙草を詰め、火を拾って一服つけ、ゆっくり煙を吐き出した。何か思案しているように佐和には見えた。

まもなく、煙草盆に煙管の灰を落とした市兵衛は、佐和に順を追って長屋の女たちから聞いた話をして聞かせた。

「そんな事情があったなんて……」

話を聞き終えた佐和は、言葉が見付からない。店を持てるほどに貯めていた金で、伊佐吉がおたつを身請けしたという話は、佐和の心を打った。

「それなのに、伊佐吉さんがお縄を掛けられるとすぐにどこかに引っ越して行くなんて、何か事情があったのでしょうか」

身請けしてもらったという恩があり、しかも二世を約束した相手が小伝馬町に入れられたというのに、別の男とさっさと長屋を出て行く行為は、女として分かりづらく不快な話だった。

「どういう事情なのかは分からぬが、まっ、伊佐吉さんには、おたつさんは長屋にはいなかったと、知らせてやるつもりだ」

市兵衛は立ち上がると、二階に向かった。

だがまもなく戻って来ると、

「相当動揺している。長屋からいなくなるなんて想像もしていなかったようだな」

市兵衛は言った。

「やっぱり、おたつさんは伊佐吉さんには、何も知らせてなかったんですね」

「ただ、おたつを連れて行った男の想像はつく、政蔵《せいぞう》という男だろうと言っていた。多分一人になったおたつを気の毒に思ったのだろうとな」

伊佐吉はおたつを連れて行った政蔵を好意的にとらえているような口ぶりだったが、その表情が困惑していたのを市兵衛は見ている。

「何者ですか、その人？」

「分からん。伊佐吉さんはそこで口を閉じてしまった。話したくなかったんだろう」

佐和はしばらく考えていたが、

「伊佐吉さんには尋ねてみたのですか。敲きのこと」

ふと思い出して市兵衛に訊いた。

「いや……」

市兵衛は否定した。

その時だった。食事を終えた徳兵衛が近づいて来た。

「おかみさん、おとらさんから聞いたんだが、客が頼めば一弦琴が聴けるとか。

おねげえしてもよろしいでしょうか」

佐和は頷き、徳兵衛に座を勧めた。

「では一曲、お題は『秋の虫』です」

「秋の虫ですか。そりゃあいい……」

徳兵衛は嬉しそうな顔で座った。

市兵衛はそれを潮に席を立ち、食事の部屋に向かった。食事をしながら佐和の琴を聴くつもりらしい。

佐和は琴の前に座った。燭台《しょくだい》の灯りが揺れて、徳兵衛はそれだけで引き込まれているようだ。

「ほう、それが一弦琴ですか……」

初めて見ましたと、子供のように感心している。

佐和は、にこりと笑みを返すと、琴を弾き始めた。

しんと澄んだ秋の日の庭の草むら、それを想像させるような琴の音に始まり、やがて、ちりちりちりちり、ちーりちーりと、虫の鳴き声に模した音が流れる。

聞き逃すまいとじっと佐和の手元を見詰める徳兵衛の顔は真剣だ。

そしてむこうの部屋では、市兵衛が静かに箸を使いながら耳を澄ませている。

やがて、琴の音に合わせて佐和が歌う。

陰草の
生えたる宿の
夕景に
鳴くこほろぎは
聞けど飽かぬかも

佐和の琴の音は、二階にいる伊佐吉の耳にも届いていた。

伊佐吉は、琴の音が聞こえ始めるとすぐに半身を起こした。そして、じっと聞き入る。

ちりちりちりちりちり、ちーりちーりと、虫の声を模した琴の音は、初めて一弦琴を聞く伊佐吉にも、

——ああ、これは、秋の虫の曲だな……。

それぐらいは分かる。

伊佐吉は、草深い田舎の実家を思い出していた。

口減らしのために家を出てから十三年、その間一度も帰っていないが、心の中では田舎で暮らした日々が褪《あ》せることはない。

伊佐吉の実家は、江戸から遠く離れた北信濃《きたしなの》の山裾にある。周りは木々と畑ばかりで、若者が遊びに出かける場所など皆無だ。

家族は両親と兄が一人。暮らしは厳しく、きびやあわ、蕎麦《そば》などを食していた。

家の屋根は茅《かや》で葺《ふ》いていたし、土間には藁が積み上げてあった。藁は農閑期に、筵《むしろ》や藁草履を編むためのもので、銭を手に入れる手段として重要なものだった。

伊佐吉が覚えているのは、秋になると、庭の草むらで様々な虫が鳴き始めることだ。

そしてお月見の日を迎えると、貧しい暮らしだったが、母親がすすきを活《い》け、団子を供えて、皆で月を眺めた。

伊佐吉などは、月を愛《め》でるというより、供えている団子を食べるのを待っていた気がするが、家族が揃ってひとときの時間を過ごしたのは、お月見の日だけだったと記憶している。

淡い月の光と虫の声、そして、しずかに家族の絆《きずな》を胸に刻んだのも、その時だったのだ。

だから伊佐吉は江戸に出て来ても、秋になって虫の声を聞くと、田舎の暮らしを思い出すのだった。

思い出にふける伊佐吉の耳に、佐和の歌う声が聞こえてくる。

庭草に
村雨《むらさめ》降りて
こほろぎの
鳴く声聞けば
秋づきにけり

佐和の優しい声に、伊佐吉の脳裏には、母の膝で甘えていた幼い頃の絵が浮かんできた。

母は伊佐吉に、鳴く虫の名を訊くのだ。

「ほうら、今鳴いているのは？」

するとと伊佐吉が抱かれたままの姿勢で、母を見上げて、

「あれは鈴虫だ……じゃない、こほろぎだ」

甘えた声で応《こた》える。

「良く当てられたね、伊佐吉」

母は伊佐吉の頭を撫《な》でると、

「お前はいずれこの村を出て行くんだろうけど、ここの貧しい暮らしを、こほろぎの鳴く里の暮らしを忘れないでおくれよ。貧しいここの暮らしを糧《かて》にして一生懸命頑張れば、きっと良い暮らしが出来るからね。その時には、おっかさんも一度でいい、呼んでおくれ。お前の幸せをこの目で見てみたいんだ」

夢でも見るような顔で言ったのだった。

伊佐吉が江戸に出て来て、大工の棟梁《とうりょう》のところに弟子入りし、いっぱしの大

工になって店を構えようと思ったのも、あの時の母の言葉があったからだ。一年前に父親が亡《な》くなったと知らされた時、是非母親には自分が一人前になったところを見て欲しい。そう思っていたのである。

おたつと出会わなければ、今頃は母を呼び寄せて一緒に暮らしていたかもしれないのに。

——おっかさん、許してくれ……。

伊佐吉の胸は熱くなる。

——おたつに会ったのが全《すべ》ての間違いだったのかもしれない。

そう思うものの、伊佐吉にはおたつの柔らかい肌や弾力のある乳房が忘れられない。

罪を犯して小伝馬町に入れられて、五十敲きの上江戸払いを言い渡された時、これでおたつともお仕舞いだと伊佐吉は覚悟したが、江戸を追い出されて一日、とぼとぼと街道を歩いているうちに、

——せめてもう一度だけ、おたつに会ってから旅立ちたい……。

店を持つことも、母親を呼ぶことも、全ておたつのために諦《あきら》めることになっ

たんだ。そう思い始めると心の制御はつかなかった。
伊佐吉は街道筋の地蔵堂の前で佇《たたず》んで、引き返すか、それとも長の旅立ちか、心の中で葛藤《かっとう》を続けていた。だが、

——これが最後だ……。

意を決して踵《きびす》を返して江戸に戻ったのだった。

ところがおたつは、自分が縄を掛けられた翌日に、政蔵のところに行ってしまったという。

心の中を、空《むな》しい風が吹き抜けていく。

政蔵の長屋に行けば、おたつがどうしているのか分かる筈だ。

だが、江戸払いとなった自分が、あちこちらと動き回るのは控えなければならない。江戸を追放されても、旅の途中だと言って町を歩くことは出来るだろうが、黄昏《たそがれ》時に御府内に居れば、もう一度縄を掛けられる。

そうなれば、今度は江戸払いどころか、良くて人足寄場《にんそくよせば》、悪ければ遠島を言い渡されるかもしれないのだ。

——おたつに会えなくてもいい。せめて今後どう暮らして行くのか、それを訊

きたい。その為《ため》には政蔵に会う必要があるのだが……。

伊佐吉の心は千々に乱れて、あれこれ手段を考えてみるのだが、

「だめだだめだ」

伊佐吉は横になって布団《ふとん》を被《かぶ》った。

三

翌朝伊佐吉は階下に下りて来た。

「ほう、熱は下がったな」

市兵衛は、ほっとした顔で伊佐吉を見た。側にいた佐和も、

「良かった、みんなで案じていたんですよ。伊佐吉さん、おとらさんが、もう大丈夫だろうって朝食を用意してありますからね、たくさん召し上がって下さい」

居間に用意している膳に視線を流した。

居間には既に徳兵衛が膳の前に座って、食事を始めていた。

「ありがとうございやす。お世話をおかけいたしやした」

伊佐吉は手をついて頭を下げた。

「いやいや、そんなことは良いのだが、おたつさんのことは残念だったな」

市兵衛は言う。

「へい」

伊佐吉は暗い顔で頷いたが、まもなく顔を上げると、

「実は昨夜一晩考えたんですが、やっぱりおたつに会いたい……旦那、もう一度旦那にご足労願えねえものかと……」

必死の顔を市兵衛に向けた。

「どこにおたつさんがいるのか、当てはあるのかね」

市兵衛は訊いた。その時だった。

「伊佐吉さんよ、おめえさん、順序が違うんじゃあねえのかい？」

食事を始めていた徳兵衛が、箸を置いてこちらの部屋に入って来た。

「と、徳兵衛さん」

ぎょっと見た伊佐吉に、徳兵衛は言った。

「お前さんは旦那とおかみさんに事情をきちんと話したのかえ。どうしてこん

な用事をおねげえするのかという事情をさ」

　伊佐吉は黙って俯《うつむ》く。

「やっぱりな、事情も告げずに次から次に頼み事をするなんてのは厚かましいことだぜ」

「徳兵衛さん、いいのですよ」

　佐和が制するように声を掛けたが、

「いや、あっしは伊佐吉さんが、ただ人の親切を利用するような人間じゃねえと思っているから言っているんです。伊佐吉さんよ、この宿の旦那もおかみさんも、泊まり客の身になって考えて下さる人だ。おめえさんが抱えている事情を正直に話したって、妙な目で見る人じゃねえぜ。人に頼み事をする時には、きちんと事情を話して、それで相手が納得してくれる。それが肝心だ。大人の礼儀を忘れちゃあいけねえ」

　伊佐吉は、少しむっとした顔を上げ、父親に反抗するような口調で言った。

「徳兵衛さんにあっしの気持ちは分からねえ。話せるものなら話しているよ」

「何を馬鹿《ばか》なことを言っているんだ。おめえさんは敲きの刑を受けた上に所払《ところばら》いとなったんじゃないのか……」

「徳兵衛さん！」

伊佐吉は目を剝《む》いた。

「落ち着け！……所払いなど、この宿で隠すほどの話じゃあるめえ」

徳兵衛は一喝しておいて、

「いいかい、おめえさんとはゆっくり話が出来なかったが、この俺も、昔敲きの刑を受け、所払いを食らっているんだ」

「えっ」

伊佐吉は絶句して、市兵衛と佐和の顔を見た。

ところが二人は、驚きもせず聴いている。徳兵衛は話を続けた。

「お二人には昔の事情を話してあるのだ。女房だった女のことである男と口論し、ついには殴り合いの喧嘩をしたが、それが原因であっしは追放になっている。長い間江戸の土を踏んだことはねえ。だが、つてをたよってある人に預けていた娘が結婚すると聞いたんだ。いてもたってもいられなくなって舞い戻って来たという訳だ。長い人生の間にはいろいろあるものだぜ。娘と離ればなれになって辛《つら》かったが、今は娘の幸せを知り、ほそぼそとでも暮らして来たことを喜んでいるんだ。つまらねえ、恥ずかしい昔の話だ。ただ、これまで生きてきて思ったことは、嘘《うそ》や隠し事をすれば、かえって心が苦しくなるってことだ。所払いがなんだい。正直に話してすっきりしろい」

顔を顰めて俯いていた伊佐吉が、顔を上げた。徳兵衛の言葉を素直に受け止めた顔だった。

「徳兵衛さんの言う通りです。あっしは江戸払いで追放された者でございます。なぜ追放になったのか話しやす」

伊佐吉は決心した顔で告げると、これまでの経緯を話した。

田舎から江戸に出て来た伊佐吉は、つてがあって深川の大工の親方の家に弟子入りした。十三歳の時だった。

修業は十年、お礼奉公も終えた伊佐吉は、裏長屋を借りて出職で稼ぎながら金を貯めた。

店を持って母親を呼び寄せて、嫁をもらって暮らすのが夢だったのだ。

だが、出職仲間の政蔵に、その話をしたところ、

「おめえは女も知らねえんだろ。どうだい、店を持つ目処《めど》がたったところで、一度楽しんでは……」

そう誘いを受けたのだ。

伊佐吉は断った。だが政蔵は執拗《しつよう》に女郎を買うことを勧めて、

「一度くらいいいじゃないか、誰が文句をいうんだい。俺たちゃ生身の人間だぞ」

そう言われてみればと、ふっと気持ちが緩んだのが運の尽き、伊佐吉は貯めた銭を握りしめて岡場所に通い詰めるようになっていた。

その時の相方がおたつだったのだ。

おたつも田舎から売られてきた娘で、伊佐吉はおたつに同情して、身請けしてやろうと考えるようになっていった。

貯めていた金のほとんどを費やして、伊佐吉はおたつを身請けしたのだった。

だが、二人で暮らし始めてすぐに、おたつは兄の借金が八両ある、それを工面出来なければ兄は殺されるなどと言いだした。

伊佐吉は残っていた五両を手に思案した。あと三両が欲しい。そこで政蔵に

話をすると、知っている賭場《とば》がある。そこで稼ぐしかないといわれたのだ。

伊佐吉は五両の金を持って政蔵から教えてもらった賭場に走った。だが、あっという間に五両の金は伊佐吉の手から消えてしまった。

――どうしたらいいんだ……。

とぼとぼと帰路についた伊佐吉の前に、ならず者が現れた。金を出せと脅されて、

「そんなものがある訳がねえだろ！」

腹だち紛れに放ったそのひとことで喧嘩になり、傷つけ、傷つけられしたところに、岡っ引が走って来て縄を掛けられた。

まもなく小伝馬町に送られて、吟味の末に敲きを受けた上での江戸所払いとなったのだった。

「そういう事情でございやす」

話し終えた伊佐吉は興奮した息を整えると、

「追放されて江戸を出たものの、おたつをどうしても忘れられず、それで戻って来たのです」

唇を嚙《か》みしめて、市兵衛の顔を見た。市兵衛は頷くと、

「分かりました、引き受けましょう。私も佐和も、大方の察しはついていました。おたつさんを訪ねて行って、長屋で話を聞いた時から気の毒に思っていたのだ。ただ、追放と決まった以上、それを破れば更なる刑を科せられる。御赦免となる年数も決まりはないらしい。だが、伊佐吉さんの事情なら三年ほどすれば許されるに違いない。そこで、私と約束してほしい。おたつさんに会ったら、きっぱりと心を決めて江戸を離れると……」

伊佐吉を厳しい目で見て問う。

「約束しやす」

伊佐吉は誓った。

「さて、おたつさんのことだが、まず政蔵という人に会わねばな……所はどこなのか分かっているんだね」

市兵衛は訊いた。

「分かっていやす」

燃えるような目で伊佐吉は頷いた。

四

伊佐吉から聞いた政蔵の裏長屋は、小名木川《おなぎがわ》に架かる高橋の南袂《たもと》にある海辺大工町にあった。

市兵衛は長屋の表から声を掛けてみた。すると、隣の長屋から出て来た男が、

「旦那……」

顔を顰めて首を横に振り、小指を立てて、

「今はまずいですぜ。しばらくしてから声を掛けた方がいい」

小声で言って出かけて行った。

——まさか、おたつと……。

人ごとながら市兵衛はかちんときた。まあいい、様子をみるかと井戸端にでも引き返そうとしたその時、政蔵の家の戸が開いた。

振り返ると、下帯丸出しで着物を慌てて羽織ったらしき男が、顔を突き出していた。

赤茶けた顔の、眉毛の太い男だった。神明宮の長屋で女房達が言っていた、

おたつを連れ去った男の顔は色の黒い、げじげじ眉だったらしいが、見た目の違いはあるとはいえ、政蔵に違いなかった。

市兵衛は歩み寄って、

「政蔵さんだね」

尋ねてみた。

「誰だい、あんたは……」

濁った目でうさんくさげに一瞥《いちべつ》した。

「おたつさんを捜している者だが、先日神明宮の長屋で聞いたところ、お前さんと出て行ったというんだが、ここにいるのかね」

市兵衛の視線は、政蔵の体で隠れている家の中を覗いている。

「おたつはここにはいねえよ」

政蔵は、つっけんどんに言った。

「家の中にいるんじゃないのかね」

市兵衛が、ぐいと睨む。

「い、いねえよ。女はいるが別人だ」

政蔵は、市兵衛の気魄《きはく》に容易ならざるものを感じたらしく、

「う、嘘はつかねえ。おたつはすぐにここを出て行ったんだ」

「妙な話だな。どこに行ったったんだね」

「知らねえな、田舎に帰ったかもしれねえし、馴染《なじ》みのある女郎宿に戻ったのかもしれねえな」

政蔵の目は泳いでいる。嘘だなと市兵衛は見た。

その時である。家の中から女が出て来たのだ。

政蔵が引き留めるが、女は乱れた髪を押さえながら木戸に向かう。

「おい、待てよ」

「勝手にしやがれ！」

政蔵は顔を引っ込めると、腰高障子を乱暴に閉めた。

市兵衛は女を追った。そして木戸口で捕まえた。

「お前さんの名は？」

「お品《しな》。あたしゃ関係ないよ、おたつなんて女のことは知らないから」

お品は市兵衛の視線を振り払うように言い、去って行った。

市兵衛は深くため息をついた。伊佐吉は気づいていないが、おたつの話は闇《やみ》が深いように思われた。

ついでにおたつが長年居た深川の女郎宿も覗いてみるかと踵《きびす》を返したその時だった。

「親父《おやじ》さん」

坂本数馬《さかもとかずま》と手下の欽次郎《きんじろう》が近づいて来た。

「どうかしたんですか、こんなところまで出張ってくるとは」

数馬は訊いた。

「おたつという女を捜しているのだ」

市兵衛は宿に泊まっている人に頼まれて、居場所を捜しているのだと言った。

むろん伊佐吉の名は伏せた。

数馬も町奉行所の一員だ。しかも定町廻《じょうまちまわ》りときている。所払いを言い渡された人間が宿にいると知ったら、放ってはおけまい。

「へえ、するとこれから深川の女郎宿へ？」

「そうだ。念のために当たってみる」

「親父さんも大変だ」

数馬は苦笑して、

「私はこれから奉行所に戻らなければならないのだが、欽次郎、お前は親父さんのお供をしろ」

欽次郎に命じた。市兵衛は慌てた。

「いや、いいのだ。欽次郎の手を煩《わずら》わせるほどのことじゃない」

万が一伊佐吉のことが明るみに出てはまずいと警戒心がまず働く。だが数馬は、

「親父さん、欽次郎に十手《じって》を持たせているのは伊達《だて》じゃない。役に立つ筈だ。私も手伝えることがあれば手伝いたいのだ」

屈託のない顔で言った。

五

おたつが居た女郎宿は、永代寺《えいたいじ》門前町にあった。参詣人《さんけいにん》が賑《にぎ》わう大通りから入った裏道に三軒女郎宿が並んでいたが、一番奥まった場所にある店がそれだ

った。

軒行灯《のきあんどん》に小さく『よしや』と書かれている。まだ日は高く、来客は、よしやの隣の女郎宿に一人吸い込まれるように入って行ったのを見ただけで、閑散としていた。

欽次郎は市兵衛の先に立って宿に入ると、玄関の板の間に出て来た初老の女に、

「御用のかどだ、ここに女将を呼んでくれねえか」

十手を翳《かざ》した。

初老の女は驚いて引っ込んだが、間を置かずして宿の女将が出て来た。

「女将でございます。どんな御用でございますか」

困惑した顔で欽次郎の顔を窺《うかが》う。

「こちらに、おたつという女がいるんじゃねえのか？」

欽次郎は訊いた。

「おたつですか、もういませんよ、ここには。身請けされましてね」

「それ以来、ここには戻っていないのだな」

市兵衛が念を押す。

「嘘はつきませんよ。大工の伊佐吉という人ですよ、身請けしたのは……」

女将は怪訝《けげん》な顔で答える。

「ところが、その伊佐吉の家から出て行ったようだ。政蔵という男と一緒だったと長屋の者は言うのだが、その政蔵の家にもいなかったのだ。おたつがいま何処《どこ》にいるのか、見当はつかないか……」

市兵衛は間髪入れず訊いていく。

女将は困った様子で考えていたが、はっとした顔をすると、

「ひょっとして」

と呟いた。

「ひょっとして？」

欽次郎が聞き返すと、

「いえ、なんでもありません」

女将は口を濁した。だが欽次郎は、

「女将、話してくれ、心当たりがあるんだな」

　きっと睨む。

「芝木《しばき》の旦那ですよ。ご浪人なんですけどね。政蔵さんも良く知ってる人なんですが、おたつさんとは熱々だったんです。伊佐吉さんが、ここに通うようになる前から」

「何、芝木誰だね」

　市兵衛が訊く。

「芝木又三郎《またさぶろう》さん」

　女将は渋々答える。

「住まいは？」

　市兵衛が畳みかけると、

「勘弁して下さいよ。女郎宿に来る客の所まで知りませんよ」

　女将は迷惑そうに言って口を噤《つぐ》んだ。

「芝木又三郎か……」

　女郎宿から引き返しながら、市兵衛は独りごちた。

「あの女将は、なんか隠しているように思いましたがね」

欽次郎がちらと背後を振り返ったその時、初めに取り次いでくれた初老の女が足早に追っかけて来るのが見えた。

「親父さん」

欽次郎は市兵衛の足を止めた。

「旦那、お待ちください」

初老の女は二人に近づくと、話しておきたいことがあるのだと言った。

「有り難い、聞かしてくれ」

市兵衛は頭を下げた。

「はい、伊佐吉さんには優しくしてもらいましたからね。なんでもあたしが、田舎で暮らすお袋さんと同い年だというので、来るたんびに銭を心付けてくれたんですよ。だから伊佐吉さんの幸せを願っていたのに、おたつという女は……」

初老の女は険しい顔になると、おたつは芝木又三郎と一緒になりたいために伊佐吉を利用し、自由の身を手に入れて、頃合いを見て芝木又三郎のもとに逃げ込んだのではないかと言うのだ。

市兵衛は初老の女の話に驚いた。

「すると、そのこと、政蔵が知らぬ筈はないな」

「はい、政蔵さんと芝木の旦那は、ずっと前からつるんでいましたからね」

「親父さん」

欽次郎は険しい顔で市兵衛を見た。

市兵衛は頷くと、財布から銭を摑《つか》んで取り出して、初老の女の掌《てのひら》に落としてやった。

「すみませんねえ、旦那」

初老の女は、にこりと笑ったが、口の中の歯は数本しか残っていなかった。

嬉しそうに弾んだ歩みで、下駄《げた》を鳴らして帰って行く初老の女の後ろ姿を見て、欽次郎は言う。

「あの婆さんも、ここでずっと女郎をやって生きてきたにちげえねえ。あっしにも母親がおります。ああいう姿をみるのはつれえな」

「鍵《かぎ》は政蔵か……」

呟いた市兵衛に、

「親父さん、あっしに任せてくださいやし。親父さんが動くより、あっしの方が……蛇《じゃ》の道は蛇《へび》ってことです」

欽次郎は、にっと笑った。

六

その日佐和は、新材木町にある呉服問屋『相模屋《さがみや》』に上がっていた。

「内密にお願いしたい大事な話がございます。旦那さまかお内儀さまか、お目に掛かりたいのですが」

回向院前で宿をやっている、へんろ宿の者だと申し入れた。

店は賑わっていた。客は座敷に上がって手代と品物の吟味に余念がない。

手代は佐和の姿を吟味したのち、怪しい者ではないと分かってくれたのか、座敷に上がるよう勧め、まもなく奥から血色の良い主を連れて出て来た。

「相模屋利《り》兵衛《へえ》でございますが……」

利兵衛は怪訝な顔で、佐和の前に座った。

「私はへんろ宿の女将で、佐和と申します」

佐和は両手をついて挨拶をした。

「これはこれはご丁寧に、あなた様は上方は京のお方……」

利兵衛は言って、にこりと笑うと、

「反物の話ではなさそうですな。何でしょうか？」

佐和の顔を覗いた。

「はい、実は宿のお客さまから頼まれまして参りました」

佐和は、油紙に包んだ物を、利兵衛の前に置く。

「これは？」

「草履でございます。こちらのお嬢様が近々ご婚礼の由《よし》、それでこの草履をお渡ししたいと、はるばる田舎から出てこられた方がうちの宿に逗留《とうりゅう》しているのです。ですがこちらの敷居は高い、自分では届けられないからと、それで私に代わりに届けて欲しいと……」

利兵衛の顔は少し強《こわ》ばっている。しかし油紙を引き寄せて開き、掌に載せて眺めると、

「これは見事な……！」

利兵衛は思わず呟いた。

佐和も初めて見た訳だが、足の裏が当たる『天』と言われる部分の畳表（竹皮で編んだもの）の編み方が細やかで、それが上品な光沢を放っている。また側面から見ると、芯《しん》を幾重にも重ねて、かかとを高くしているのがわかる。鼻緒も、濃い紫のビロードが艶《あで》やかで見事だった。

　利兵衛は深く頷くと、

「確かにお預かりして娘に渡します。女将さん、これをあなたに預けたのは徳兵衛さんですね」

　佐和の顔を窺う。

「はい、おっしゃる通りです」

　佐和は答えた。

「徳兵衛さんに伝えてください。娘が婚家に向かうのは明後日の夕刻ですと」

「確かに……」

　佐和は頷く。

「本来なら徳兵衛さんにも同席していただければ良いのですが、娘は徳兵衛さんの名は知らないのです」

「はい、事情は少し徳兵衛さんから伺っております。追放になってしまって、知り合いを介してこちらに娘さんをお願いしたのだと……だから今更名乗れない、名乗らない方がよいのだとおっしゃっていました。ですからせめて、この草履を渡していただきたいと……」

佐和の言葉に、利兵衛は神妙な目を向けると、

「徳兵衛さんは気の毒でした」

まずそう告げて、徳兵衛が江戸を追放になったのは、徳兵衛の妻が病で亡くなった時、昔妻をどちらが嫁にするのかと争った男が現れて、徳兵衛にお前が殺した、などと暴言を吐いたのだと言う。

幼い娘を抱えて失意に打ちひしがれていたその時に、妻を殺したと言われた徳兵衛は、かっとなってその男を殴った。

積年のもやもやしたものがあったのだろう、その男も容赦はしなかった。二人の喧嘩は大騒動になり、徳兵衛は縄を掛けられて江戸を追放されたというのである。

「徳兵衛さんは、うちに草履を入れていた人です。私も懇意にしておりました。それで、娘のいなかった私ども夫婦が、徳兵衛さんの娘を養女にしたのです。おさよといいます。優しい娘に育ちました。本日は家内と買い物に出かけておりますが、自慢の娘でございます。どうぞ、徳兵衛さんにはそのようにお伝えください」

江戸で名だたる呉服問屋相模屋の主の言葉は、佐和の胸を打った。思わず、ありがとうございますと手をついていた。涙がこぼれそうだった。

まもなく手代に送られて佐和は相模屋を出たが、入れ違いに供の者を連れて母と娘が帰って来た。

「おかえりなさいませ」

手代や小僧が声を張り上げて迎えるのを見て、母は利兵衛の内儀で、娘はおさよだろうと思った。色の白い、頬のふっくらとした、およそ徳兵衛の顔とは結びつかない美しい娘だった。

徳兵衛の切なさを思いながら、佐和が相模屋を後にしてまもなく、

「お待ちくださいませ」

おさよが追っかけて来た。

「おさよさん……」

思わず佐和は呟く。

おさよは、先ほど利兵衛に託したあの草履を胸に抱えて近づいて来た。

「今、おとっつぁんからこれを……」

佐和の前にたちどまると、草履を突き出して佐和に見せた。

佐和は、笑みを湛《たた》えておさよの顔をじっと見た。

「おかみさま、これをくださった方にお伝えくださいませ。おさよは、相模屋で大事に大事に育てていただきました。跡取りの兄とも血を分けた兄妹のように暮らしてきました。どうぞご安心を……そして、そして、そして……」

そこまで言って、おさよは、目に涙を一杯溜《た》めて、

「どうか元気で暮らしてください。おさよは祈っていますと……」

声を震わせた。

「おさよさん」

佐和は、おさよの手に自分の手を添え、ぎゅっと握ってやった。胸が熱くな

り、言葉には表せなかったのだ。

「ああ、もう少し右の枝、それは今年伸びた枝です。それも切り落としてくださいませ」

七

佐和は、裏庭の庭木の剪定《せんてい》をしている市兵衛に言った。

市兵衛は鉢巻きに襷《たすき》姿で、着物の裾をはしょり、枝切り鋏《ばさみ》を使っている。

足元には相当数の切り落とした枝が散乱していて、市兵衛はちらとそれらを眺めると、額ににじみ出た汗を、腰につけていた手ぬぐいで拭《ふ》いた。

狭い裏庭の木が伸びすぎて洗濯物が乾きにくいと佐和が言ったことで、それぐらいなら植木屋に頼まなくても切ってやると始めたものの、佐和にあっちだこっちだと注文をつけられて、流石《さすが》の市兵衛も疲れを感じている。

へんろ宿には小さな庭が二つある。ひとつは二人が起居する座敷の縁側の向こうにある少し広い庭で、こちらは市兵衛が素振りも楽しめる庭だ。

もう一つの庭はこの裏庭で、菜園と花畑を兼ねていて、片隅には台所や風呂《ふろ》で使う薪《まき》を積み上げ、ごみ溜もあり、洗濯物もここで干している。

「どうだ、これぐらいでよかろう」

市兵衛は言って、もう一度額の汗を拭《ぬぐ》った。

「冷たいお茶をどうぞ」

佐和が勧める。

「うむ」

市兵衛は薪の束に腰掛けて、お茶で喉《のど》を潤《うるお》した。

ふと、欽次郎の調べのことが気になった。市兵衛は伊佐吉が宿に逗留していることは話していない。だが江戸払いをした者を泊めていたとなれば、いずれなんらかのお咎《とが》めを受けることになるかもしれないのだ。

そうなればこの宿はどうなる。佐和を苦しめることになりはしないか。

数馬に本当のことを打ち明けられず、欽次郎に手助けしてもらったことで、ここ数日市兵衛は頭を悩ませていた。

とはいえ、伊佐吉に出て行けとはいえない。調べれば調べるほど気の毒な男に違いないのだ。

「旦那様、また心配なさっているのですね。私はどのようなことがおころうとも、もう平気です」

佐和は強がりを言い、にこりと笑った。

市兵衛が苦笑して立ち上がったその時、おとらがやって来た。

「数馬さまがむこうの庭でお待ちです」

市兵衛は佐和と顔を見合わせると、鉢巻きや襷を取って、縁側の庭の方に移動した。

「親父さん、いろいろと子細が分かりましたよ」

数馬はにやりと笑った。

そして、今度は険しい顔で、欽次郎に頷いた。

欽次郎は若い男の首根っこを押さえて連れて来ていた。

「親父さん、この男は、伊佐吉を小伝馬町に送ることになった喧嘩相手の禎吉《ていきち》という遊び人です」

「何……」

市兵衛は、禎吉を見た。

二十四、五歳の若い男だが、その体からは怠惰な臭《にお》いが立ち上っている。顔を伏せているが、ふてくされているのは良く分かる。

「この男は、政蔵とは賭場の馴染みです。政蔵に小銭を貰って伊佐吉に喧嘩を仕掛け、頭を怪我したと訴えて、伊佐吉に縄を掛けさせた張本人です。この男から親父さんに直《じか》に話を聞いてもらいたくて連れてきやした」

欽次郎はそう言うと、

「おい、お前、約束通りなにもかも正直に話すんだ。でないとお縄を掛けるぜ。何、理由はどうとでも作れるんだ。脅しじゃねえ、本気だってことは分かってるな」

十手をぐいと禎吉の顔の前に突き出した。

「分かってまさ、お縄にはなりたくねえ」

禎吉は苦笑いの顔を市兵衛に向けると、

「旦那、政蔵って奴は最初から大工仲間の伊佐吉が金を貯めているのを知って、伊佐吉の金をつかって、おたつを身請けさせたのでございやすよ」

まず禎吉の口から出たのは、これまで市兵衛が調べて推測していた話だった。

「おたつもそれは承知だったのだな」

市兵衛は訊く。

「もちろんでさ。おたつは芝木又三郎っていう浪人と一緒になるのが夢でした。ですが芝木の旦那が身請けの金を持っている訳じゃねえ。それで芝木の旦那とつるんでいる政蔵兄いが一肌脱ごうってことになって」

「何を馬鹿なことを言っていやがる。一肌脱ごうってことは自分の才覚でもって言える言葉だ。人を騙《だま》し、利用し、金を巻き上げるなんてクズのすることだ」

欽次郎は怒る。

「欽次郎……」

数馬が制すると、

「旦那、あっしは伊佐吉って男が気の毒でならねえんだ。騙される者は馬鹿だと世間では相場だが……いや確かに騙された伊佐吉は馬鹿にはちげえねえが、あんまりだ」

欽次郎はきっと禎吉を睨む。

「それで、おたつが身請けされたのちに、兄の借金があって、それを返さねばならないなどと言ったのも嘘なんだな」

市兵衛も険しい顔で尋ねる。

「へい、伊佐吉が持っている金すべてを巻き上げるつもりでしたから。あっしも伊佐吉から巻き上げた金のうち、一両貰って喧嘩をふっかけたんです」

へい、すみませんと、禎吉は卑屈な目で市兵衛を見上げ、

「それでおたつですが、いま深川の今川町で居酒屋をやっておりやす。芝木の旦那も一緒だと思いやすが……」

ついには市兵衛に追従《ついしょう》する顔で告げた。

「よし、案内してくれ」

市兵衛はすぐに外出の支度にかかった。

「旦那、あの店です」

禎吉は市兵衛達を深川今川町の小さな居酒屋の前まで案内すると、

「あっしはこれで勘弁していただきやす」

市兵衛達に頭を下げた。

「よし、行け」

数馬の許しを受け、禎吉は脱兎《だっと》のごとく引き返して行った。

「数馬、ここからは私一人でやる。お前さんにこれ以上迷惑をかける訳にはいかぬよ」

市兵衛は言った。

「親父さん、水くさいな。私は伊佐吉がどんな男か調べて分かっているんです。へんろ宿に泊まっていることも……」

「数馬……」

市兵衛は苦笑して数馬を見た。

「私は知った上で手伝っているんです。その私が誰かに話すと思いますか」

数馬は頬を膨らませる。

「すまぬ。だが、壁に耳あり障子に目ありというではないか。それにお前さんを巻き込みたくないのだ。出来ればおたつを伊佐吉に会わせてやりたいのだ。伊佐吉はおたつの不貞を知らないのだからな。心を残さず旅立たせてやりたいのだ」

市兵衛は、むこうに見える居酒屋の腰高障子を睨んだ。

「分かった、親父さんの思うように……ただし、私の解釈はこうだ。伊佐吉は江戸を後にしたが、戻って御府内を通過しようとしたのだ。ところが敲きにあった傷で高熱を発して倒れた。親父さんは追放者とは知らずに介抱したまでだ」

数馬は笑って言った。

「すまない、恩に着る」

市兵衛はそう告げると、一人で店の中に入って行った。

店の中には、職人風の男二人が酒を飲んでいたが、他にお客の姿はなかった。

「いらっしゃいませ」

市兵衛が店に入ると、甘えた声を出して、濃い化粧の女が出て来た。

「あんたがおたつさんかね」

市兵衛が尋ねる。

女はぎょっとした目をして市兵衛を見たが、すぐに作り笑いをして、

「はい、おたつですが……」

それが何だという顔に変わった。媚《こ》びを売った顔から一転して、底の知れない女に見えた。

市兵衛は、へんろ宿の主だと告げ、

「いや、今日は頼まれてやってきたのだが、うちの宿に来てもらえないか。伊佐吉さんがあんたに会いたがっているのだ」

「な、何をいうのかと思ったら、あたし、伊佐吉なんて人は見たことも聞いたこともありませんよ。おたつはおたつでも、他の女のことでしょうね」

おたつは、口から泡を飛ばした。

「そんな言い方はあるまい。伊佐吉を手玉にとって金を出させ、身請けさせて芝木の旦那とやらと、こうして暮らし始めたんじゃないのか？」

「か、帰っておくれ」

おたつは激高して、指で市兵衛の顔を指した。

「なるほど、そういう了見なのか……私はお前さんが、せめてひと目でも伊佐吉に会って慰めてくれるなら、それも仕方がないことだと思っていたのだ。伊佐吉はまもなく江戸を去る人間だ、最後まで騙してやってほしいと考えていた……」

ぐいとおたつに近づいて、

「ところがどうだ。お前さんは伊佐吉さんが全財産をはたいて身請けした女だ。どこかに見どころがあるに違いないと想像していたが、これほど醜い女を見たことがない」

市兵衛は流石に怒りを覚えていた。するとそこに、

「おたつ！」

伊佐吉が飛び込んで来たのだ。

「伊佐吉！」

驚いたのは市兵衛だった。

「旦那さん、すまねえ。宿で禎吉の話を聞いちまったんだ。それでそっと尾《つ》けて来たんだ」

伊佐吉は、手に道中差を握っていた。切っ先をおたつに向けてにじり寄る。

「な、何するんだよ」

おたつは悲鳴をあげると、二階への階段に走り寄り、

「あんた！」

二階に向かって叫んだ。

すぐに浪人が走り下りて来た。芝木に違いなかった。芝木はもう柄《つか》に手を置いている。

「こいつらを追っ払っておくれ！」

おたつの絶叫と同時に、芝木は刀を抜いて伊佐吉に斬《き》りつけた。

「うっ」

芝木の剣は、伊佐吉の道中差を真っ二つに切り落とし、流れる切っ先で伊佐吉の左腕を斬っていた。

伊佐吉は腕をおさえて顔をゆがめる。

「あわわっ」

二人のお客が我先に表に走り出た。

「殺し合いだ！……殺し合いだ！」

「親父さん！」

数馬と欽次郎が飛び込んで来た。

「お前達は、構うな！」

市兵衛は一喝すると、伊佐吉を庇《かば》い、

「お前は表に出ていなさい。数馬頼むぞ」

数馬に伊佐吉を頼んで店の外に追い出すと、芝木と対峙《たいじ》した。

「馬鹿な男よ、これでお前は人斬りの汚名を着ることになった。相手が追放者の伊佐吉とはいえ、事情が事情だ。ただではすむまい」

市兵衛は懐から手ぬぐいを出してしごいた。

おたつは奥で腰を抜かしている。

市兵衛は、じりじりと足を進めて、先ほどの客が残していった酒で手ぬぐいをぬらし、一方の端をしっかりと右手に巻きつけた。

そしてぶんと振って、手ぬぐいが重たい音を立てて鞭《むち》のようにしなるのを確かめた。濡れた手ぬぐいは思った以上に強靭《きょうじん》な鞭の役目をする。

「死ね！」

芝木の剣が、市兵衛の腹を狙《ねら》ってきた。家の中では上段から斬りかかるのは難しい。

「ふっ……」

市兵衛が笑みをみせてよけたその時、芝木は二度目の剣を、市兵衛の胸めがけて突いてきた。

市兵衛はこれも難なく躱《かわ》すと、濡《ぬ》れた手ぬぐいの先を投げるように伸ばし、芝木の手首に巻き付けた。

「！……」

あっとなって芝木が虚をつかれたすきに、市兵衛は手ぬぐいをぐいと引っ張り、芝木の手首に手刀を打って刀を落とした。間を置かずしてその刀を掴むと、切っ先を芝木の喉元に突きつけた。

「ううっ」

唸《うな》りながら膝をついた芝木を見たおたつが、

「ちくしょう……」

声を上げて泣き出した。

数馬と欽次郎が入って来た。

「親父さん、あとは任せてください。帰って伊佐吉の傷の手当てを」

数馬は言って、芝木を、そしておたつを睨んだ。

「欽次郎、縄をかけろ！」

伊佐吉は左腕を押さえて、外でうずくまっていた。

「伊佐吉……」

市兵衛が肩に手をやる。

「旦那、手数をおかけしやした」

伊佐吉は頭を下げると、歯を食いしばって男泣きした。

八

「旦那さん、おかみさん、お世話になりました」

伊佐吉は腕を庇うようにして二階から下りてきた。伊佐吉は旅姿だった。

「いよいよ旅立ちだな」

市兵衛はいたわりの目で伊佐吉を見た。

「はい、お恥ずかしい次第でしたが、なにもかもふっきれました。心を新たにして出直します」

伊佐吉は殊勝な顔で言う。

「傷は大丈夫でしょうね」

佐和は気遣う。

「へい、大事ありません」

伊佐吉は言った。腕の傷は純庵に手当てしてもらい、薬もたっぷり貰っていた。純庵の話によれば、傷はかすり傷で大事にはいたらないだろうということだった。

伊佐吉はそれを聞いて、今日出発しようと決心をしたのである。数馬に縄を掛けられた芝木浪人、おたつ、政蔵などの取り調べはこれからだ。

どのような決着をみるかは予断の許さないところだが、既に追放になっている伊佐吉が御府内の宿に滞在しているのは不味《まず》い。

江戸の裁きは、一度決すれば、それを再審することはない。幕府の威信にかかわるからだ。

だから伊佐吉の刑はそのまま執行される訳だが、おたつ関連の吟味の中身によっては、追放した伊佐吉に早々御赦免の命が下るかもしれないのだ。

その時のためにも、一刻も早く宿を払って江戸を出て行く必要があった。

「気を付けていきなさい。どこにいるのかここに連絡をくれることを忘れないように」

市兵衛は念を押す。

「へい、必ず定期的に居場所をお知らせいたしやす。一度は田舎に帰って、母の顔も見たいと考えています」

そこへおとらが、握り飯を包んで持って来た。

「伊佐吉さん、無理をしないようにね」

伊佐吉は握り飯の包みを手に涙ぐむ。

「徳兵衛さんも、よろしくと言っていましたよ」

佐和が伝えた。

徳兵衛は今朝早く出かけて行った。娘の婚礼は夕刻からだというのに、じっとしていられなかったようだ。

「それではこれで……」

伊佐吉は頭を下げると玄関に向かった。

佐和は一弦琴の前に座り『秋の虫』を弾き始める。

玄関を出た伊佐吉の足が止まる。

ちりちりちりちり、ちーりちーり

「おかみさん……」

伊佐吉は、ぐいと涙を腕で拭くと、へんろ宿を後にした。

佐和は琴を弾き続けた。弾き続けながら佐和の脳裏には、二人の宿泊人の姿が見えている。

美しい嫁入り衣装を着た娘が、あの草履を履いて家を出ていくところを、徳兵衛が物陰からじっと見詰めている姿を――。

そして、宿を出た伊佐吉が顔に生気を取り戻し、しっかりとした足取りで故郷に向かっている姿を――。

ほととぎす

一

「さあてお立ち会い……手前、ここに取り出《いだ》しましたのは陣中膏《じんちゅうこう》は四六のガマだ。ガマといっても手前のガマは、常陸《ひたち》の霊峰筑波《つくば》山で獲《と》れたガマだ。四六、五六はどこでわかるか。前足が四本、後ろ足が六本、これを名付けて蟇蟬噪《ひきせんそう》は四六のガマだ！」

ダミ声が聞こえているのは、回向院《えこういん》の一言《ひとこと》観音堂の前だった。

そこには大勢の人が円を描くようにして集まっていて、ダミ声は、その輪のむこうから聞こえて来る。

半月前から信濃国《しなののくに》の仏像のご開帳が本堂の方で始まっていて、回向院は大賑《にぎ》わい。方々から人々が毎日参拝に出かけて来る。

その参拝客を狙《ねら》って様々な商いが境内では行われる訳だが、ガマの油売りもそのひとつだ。

「おかみさん、ちょっと覗《のぞ》いてみましょうよ」

おとらは、佐和《さわ》を振り返って言った。

おかみさんと呼ばれた佐和というのは、回向院前で『へんろ宿』を営む市兵衛《いちべえ》の妻で、おとらは宿の女中である。

二人はようやく時間を作って、ご開帳を見てきたところだ。

佐和は苦笑を返したが、結局おとらに引っ張られるようにして人垣の後ろに立って、ダミ声の主を覗いた。

よれよれの小袖《こそで》に袴《はかま》姿の浪人が見えた。白い鉢巻きをキリリと締めている。袖も白い布で襷《たすき》を勇ましく掛けているが、刀を抜いて聴衆の反応を気にしている姿には、暮らしの貧しさがにじみ出ている。

歳《とし》は四十か五十か分からぬが、にっと笑った時のその歯は、煙草《たばこ》の脂《やに》で薄汚い。

目鼻は整っていて若い時にはさぞかしと想像出来るものの、

「おかみさん、昔は男っぷりが良かっただろうと思われた男の年老いた姿は、なんだかあわれでございますね」

おとらは言って、くすりと笑う。

すると、またガマの油売りの口上が始まった。足元に置いてある籠《かご》を刀で差しながら、

「さあてお立ち会い、今この籠の中にいるガマが流した脂汗《あぶらあせ》、何に効くかといいますと、切れ痔《じ》、いぼ痔、切り傷擦り傷、なんにでも効く。嘘《うそ》のような本当の話……」

すると見物客から、

「ご浪人、まずはその籠の中のガマを拝みてえもんだ。見せておくれな」

どこからともなく声が飛ぶが、

「すまぬ、ガマは今昼寝の時間だ。連日の興行で疲れておってな。睡眠中に起こしたりすれば、もう油を出してはくれぬのだ。ゆるせゆるせ……」

などと言い分けをしておいてから、

「さあお立ち会い……これからが大事なところだ。手前取り出したるこの名刀、ご存じ正宗《まさむね》、これで試してご覧に入れる。ここにありますこの半紙が、一枚が二枚、二枚が四枚、切って切って吹雪のごとく切れると言っても、この油、ち

ょいとつければ、名刀の正宗とはいえこの刀、腕の上で押しても引いても……」

油売りは口上を述べながら半紙を切り、紙吹雪を散らしたあと、自分の腕の上で刀を押したり引いたりしてみせたが、

「あっ」

思わず声を上げた。

なんと、竹光《たけみつ》のような刀とはいえ、うっかり強く押してしまって腕を斬《き》ったのだ。二の腕から真っ赤な血が、たらりたらりと落ちて来て、見物人達は大笑い。

油売りは腕を押さえて堂の中に走り込んでしまった。

「なんだなんだ……」

見物人は笑いながら去って行く。

佐和とおとらも、その場を引き上げようと踵《きびす》を返すが、すぐ側《そば》にある池の端で、ぼんやりと池の中を眺めている老人が目に留まった。

歳の頃は六十過ぎか、ガマの油売りの騒ぎなど耳に入ってなかったのか、魂

が抜けたような顔で座っている。

身なりは絹の一重の小袖に袖なし羽織、それに裁付袴《たっつけばかま》の隠居姿で、商家の年寄りといった風情《ふぜい》だ。

「おかみさん、様子が変ですよ」

おとらは佐和に伺いを立ててから、老人に近づいて尋ねた。

「ご隠居さん、どなたかとここで待ち合わせをしているんですか？」

すると、老人は今気づいたように、ふあっと顔をおとらに向けると、何を訊《き》かれているんだろうという表情になり、

「ここは何処《どこ》ですか？」

と、おとらに訊いた。

「えっ……」

おとらは、驚いて佐和の顔を見た。

佐和も老人の言葉に不審を抱いて、

「ご隠居さん、ここは回向院ですよ。ご隠居さんはどちらに行かれるんですか？」

腰を落として老人を覗きこんだ。老人はきょとんとして、

「どうしてここにいるのか、ずっと考えているのですが分からないんです……あの、私は誰でしょうか？」

逆に訊いてきた。

佐和は唖然《あぜん》として、おとらと顔を見合わせた。

「どうぞ……今朝いただいた残り物のお味噌汁《みそしる》です。お香々もめざしもご隠居さんには少し固いかもしれませんが、良く噛《か》めばね、大丈夫ですから、かえって歯も顎《あご》も丈夫になりますよ」

おとらは台所からお膳《ぜん》を運んで来ると、畏《かしこ》まって座っている老人の前に置いた。

「すみません」

老人は小さく言って箸《はし》を取った。

佐和は傍らで案じながら見守っている。

二人はあれから老人を宿に連れて帰って来たのだ。そして、腹が空《す》いている

と聞くや、すぐに今朝いただいた膳と同じものを用意したのだった。

老人は骨の浮き出た喉《のど》を鳴らしながら食事を始めた。

宿の主《あるじ》である市兵衛は、隣の部屋の縁側で前垂れをして竹ひごを削っている。側に作りかけの鳥籠の土台のようなものがあるから、これから籠になる部分を作るつもりのようだ。

「喉に詰めないで、ゆっくり食べてくださいよ」

おとらが老人の世話を焼く声以外は、静謐《せいひつ》な空気が流れるへんろ宿の昼下がり、遠くでほととぎすの鳴く声が聞こえる。

「キョキョ、キョキョキョキョ……キョキョ、キョキョキョキョ」

天にも届くような澄んだ声だ。

「あれは……ほととぎす……」

老人は、ふっと顔を上げて言い、にこっと佐和に笑い掛けた。

「ええ、そうです。ほととぎすです」

佐和も微笑《ほほえ》んで答えた。

老人は食事を終えると、佐和に世話になりましたと頭を下げ、懐《ふところ》から財布を取り出した。

「いいんですよ、こちらがお節介を焼いて、あり合わせのものを食べていただいたんですから」

佐和は押し止《とど》めながら、老人の手にある財布の美しさにびっくりしていた。濃い茶色の革の財布で、梅鉢の模様で埋め尽くされ、しかもしっとりとした艶《つや》がある。

財布の美しさに目を輝かせたのはおとらも同じで、

「しかし、それでは申し訳ない」

などと繰り返す老人に、

「ご隠居さん、そのお財布、みごとなお財布でございますね」

興味津々《しんしん》、じっと見詰める。

老人は苦笑して財布をおとらの前に置いた。財布は折りたたみ式になっていて、畳んだ時の留めには象牙《ぞうげ》を使っている。誰が見ても高価なものだということは分かる。

「これはいったい、何の革でございますか。どこで作られたんですか？」

おとらは畳みかけるように訊いたが、老人は首を傾《かし》げるばかり。特別に作ってもらったであろう自分の財布のことも忘れてしまったようで、おとらは呆《あき》れ顔で佐和と顔を見合わすが、

「おとら、それは印伝《いんでん》という革財布だ」

竹ひごを削っていた市兵衛が、前垂れをしたままやって来て座った。

「旦那《だんな》様はご存じですか？」

佐和が尋ねると、市兵衛は頷いて、

「昔のことだが、私の爺《じい》さんも印伝の財布を持っていた。鹿《しか》の革をなめして作る甲州《こうしゅう》の名産だ。この江戸でも手がける職人はいるにはいるが、それだけのものを作る職人は、そうはおるまい」

市兵衛は佐和とおとらに説明すると、今度は老人に言った。

「ご老人、しばらくここで暮らしてみてはいかがですかな……そのうちに何か思い出すかもしれませんぞ。何も分からず、回向院などを徘徊《はいかい》していては、どんな目に遭うか分かったものじゃない」

佐和とおとらが連れて来た老人を、はいこれでおしまいだと、帰すわけにも

いかない。

「よろしいのですか……」

老人は言った。ほっとした顔をしている。市兵衛は頷《うなず》いて、

「丁度今客は一人、部屋は空いている」

と告げたが、ふと考え直して、

「ご老人が狭くても良いのなら、下の方が良いかもしれんな。このおとら婆《ばあ》さんの隣の部屋です。階段で足を滑らせても困るだろうから……」

「はい、それでは、こちらの婆さんの隣の部屋で厄介になります」

老人は言って、おとらを見て、にやりと笑った。

「な、なんですか……婆さんなんて」

おとらは膨れる。

老人は、ではこれでお願いしますと財布を市兵衛の前に滑らせたが、市兵衛は突き返した。

「代金はお身内の方が見付かってから説明させていただきます。それより名前は……教えていただけませんか」

市兵衛は言った。すると老人は、

「伊兵衛《いへえ》です。はい、伊兵衛です」

と答えて、にこりと笑った。

「ただいま帰りました」

そこに娘が部屋に入って来て、佐和達に挨拶《あいさつ》をした。

娘は、おいちと言う。母親を捜しに常陸国からやって来たという話だったが、無駄足が続くらしく、みるからに元気がない。

「こちらにお座りなさいな。今お茶を淹《い》れましょうほどに」

佐和は、おいちを誘って座らせた。

おとらがすぐにお茶を淹れて、おいちと伊兵衛の前に置く。

「おいちさん、紹介しておきますね。今日からこの宿にお泊まりになる伊兵衛さんです」

「私はおいちといいます。よろしくお願いします」

おいちは、手を突いて伊兵衛に頭を下げた。

伊兵衛は、にこにこして頷く。

「で、手がかりは……何か見付かりましたか？」

佐和が、おいちにお茶を勧めながら訊く。

「いいえ、でも私諦《あきら》めません。どんなことをしても捜し出します」

おいちは、きっぱりと言った。

「感心なんですよ、おいちさんは……もう半月ちかくも掛けて、この江戸で、おっかさんを捜しているんです。捜し当てたら一緒に暮らすんだって、毎日、雨が降っても出かけているんです」

佐和が伊兵衛にそう告げると、おいちは恥ずかしそうに笑ってから伊兵衛に言った。

「おっかさんは、たった一人の血の繋《つな》がった人なんですもの。これまではいろいろと事情があって、おっかさんを捜すなんてことは出来なかったんですが、私もお針子として働くようになってからお金を貯《た》めて、やっと、このへんろ宿に長逗留《ながとうりゅう》できるお金をつくったんです。宿代があるうちは、おっかさんを捜してみたいんです。だって親の顔を知らないなんて、自分が浮き草のような感じがして……そんな思いを抱えたまま一生を過ごすなんて辛《つら》すぎて、それで

「……」

伊兵衛は、神妙な面持ちで聞いている。

佐和はそんな伊兵衛を見ていて、自分の名前しか思い出せないこの老人が、どれほどおいちの事情を理解できているのだろうかと、いずれ自分たちにも訪れる老いを感じて、切なかった。

二

「印伝の財布で、梅鉢模様が入っていて、留めは象牙ですか……」

伝蔵《でんぞう》は、市兵衛の話を聞いて首を捻《ひね》って考える。

「どうだね、親父《おやじ》さんに覚えはないかね」

市兵衛は、上がり框《かまち》に腰を掛けて伝蔵の顔を覗いた。

甲州屋の名で知られている伝蔵は、神田川の北側にある平右衛門町《へいえもんちょう》で印伝の工房を持ち、弟子二人に伝授しながら自らも印伝を作っているその道の名人である。

御府内の小間物屋にも品物を卸しているし、自分の店にも財布や紙入れや巾《きん》着《ちゃく》など数多く並べて販売しているのだ。

市兵衛が今日ここにやって来たのは、昔市兵衛の祖父が、ここで印伝の財布を作ったことがあったからだ。

昔のつてを頼りに、伊兵衛が持っている印伝の財布から、伊兵衛の家族が分かればと思ったのだが、

「旦那、ちょっとあっしの記憶にはありませんね。私の他にもこの江戸で印伝を作っている者は二、三人おりやすし、甲州の本場から仕入れる小間物屋もいやすからね。少し時間を頂ければ、誰が作ったのか、どこの店で買ったのか調べてみやすよ」

伝蔵は、嫌な顔もせずに引き受けてくれた。

「すまぬな、手数をかけて」

市兵衛は頭を下げた。

「なあに、蛇の道は蛇ですよ旦那。それに旦那の爺様、笹岡《ささおか》のご隠居様は、ご自身が買い求めてくれただけではなく、知り合いも何人も紹介してくれましたからね。それぐらいの調べなら、お安い御用でございやすよ」

伝蔵の言葉に縋《すが》って、市兵衛はまもなく甲州屋を後にした。ぶらぶらと家路に足を運びながら、内心ほっとしているのだった。

伊兵衛の身を預かったものの、一刻も早く家族を見つけ出してあげたい。そこで手始めに、伝蔵を訪ねてみたのだ。

市兵衛は、柳橋に足を掛けた。神田川には植木を運ぶ舟が二艘《そう》、客を乗せた茶船が一艘、西の方からやって来るのが見えた。

頃は初夏、柳橋を行き来する人の流れも途切れることはない。

何をねだって泣いているのか、商家の若い母親がぐずる男の子の手をひっぱりひっぱり近づいて来た。

「いつまでもだだをこねると、もう二度と連れていかないよ！」

若い母親が叱《しか》ると、男の子は声を出して泣き出したが、その手はしっかりと母の手にしがみついている。

市兵衛が苦笑して母子を見送りながら、柳橋の南袂《たもと》に下りたその時、

「旦那……」

呼び止める声に気づいて振り向いた。五十前後と見える女が、橋の袂に枝を

伸ばしている柳の木の下で手招いている。

自分に呼びかけたのかと思ったが、女の顔には覚えがなかった。

市兵衛はやりすごして、足を両国の方に向けた。

「ちょいと、お待ちくださいましな」

だがその女は、駆け寄ってきた。

「旦那、旦那をご立派なお人と見込んでお願いがあります」

女は小さな声で言って、ぺこりと頭を下げた。

藍鼠色《あいねずいろ》の地に褐色の縞《しま》が入っている着物を着ている。化粧っけはなく慎ましく暮らす長屋の妻女かと思った。だが、顔を改めて見た途端、どことなく客商売をなりわいとする女かもしれないと感じた。

「なんだね、私は金など持ってないよ」

市兵衛は苦笑した。

「旦那、ほんの金一朱《きんいっしゅ》ほどで済む話なんでございますよ。会ってやってほしい娘がいるんです」

「そういう話ならお断りだ」

足を踏み出すが、女は素早く市兵衛の前に回って、

「待って下さい、話くらい聞いて下さいな。その娘はですね、父親も母親も亡《な》くしましてね。祖母と暮らしているんですが、その祖母が病気になってしまいましてね、その日の暮らしはむろんのこと、薬も買ってやれないと私のところに相談に来たんですよ。もうどうすることも出来ないから、春を売るところに世話してほしいとね。本当に困っているんでございますよ。ですからこうして、ほんのひととき、なぐさめてやっていただけないかと思いましてね」

市兵衛の耳元に囁《ささや》くように言った。

「ふむ、つまりおまえさんはご法度《はっと》やぶりの、遣《や》り手というところか」

市兵衛は女の顔を見る。

「いえ旦那、そんなたいそうな話ではないんですよ。私は困っている娘を見ると放っておけないんです。放っておくと女郎屋に身を売らなくちゃならない。そうなると、来る日も来る日も気の乗らない男の相手をしなくちゃならないんです。前途ある娘に、そんな可哀想《かわいそう》な人生は歩ませたくない。だから今困っている時だけ、ほんのいっときだけ、立派な旦那方にお願いして遊んでいただけ

れば、暮らしの金ぐらいは手に入るし、娘の傷は浅くて済む、そう思いましてね、こうしてその橋渡しを買って出ているんでございますよ」

女は真剣だった。嘘はないように思えたが、

「そうか、話は分かったが私には無理だな。気の毒だが、その役目は他の者にしてもらってくれ」

市兵衛は断った。

「旦那……そんなこと言わずに、お願いしますよ」

女は手を合わせたが、市兵衛は摑《つか》まれた袖を振り払って、その場をあとにした。

「けち！」

背後で女の毒づく声が聞こえてきたが、市兵衛は振り返らなかった。

おいちは、この日も何の成果もなかったのか、すっかりしょげかえって宿に帰って来た。

「あらあら、おいちさん。早くお膳の前にお座りくださいませ」

おとらは、おいちの姿を見るや、すぐに台所から膳を運んで来た。

伊兵衛はもう座って食べ始めている。

市兵衛はというと、隣室で鳥籠を作っていて、佐和は一弦琴の糸を締めている。この宿では、泊まり客が所望すれば、佐和が一弦琴を弾いて聞かせるのだ。一弦琴は須磨《すま》琴《ごと》といわれていて、上方では良く知られた琴だが、この御府内では珍しい。佐和が知り合いの料理屋に呼ばれて一弦琴を披露するようになってから、俄《にわか》に人々に知られるようになった。

近頃では近隣の娘たちが一弦琴を弾いてみたいとやって来るので、佐和は宿の仕事だけでなく日々忙しくなってきている。

おいちは、市兵衛と佐和夫婦に何か話したげな視線を向けたが、おとらの声に促されて、膳の前に座った。

「今日はね、タラの芽の白味噌和《あ》えと、こちらはタラの芽とこごみの天ぷらです。こごみはおかみさんと採りに行ってきたんですよ。内緒の場所なんだけど、ちょっとじめじめした所で蛇がいたりするもんですから、おかみさんはおそるおそる」

とおとらは言って、隣の部屋で一弦琴を手入れしている佐和を見てくすりと笑ってから、

「そして、こちらの椀《わん》は、自然薯《じねんじょ》をすってだし醤油《しょうゆ》で味付けして、山椒《さんしょう》の実を細かく刻んで掛けています。香りがいいんですよォ……御飯に掛けて食べてみて下さい。おかみさんは山椒が大好きでね、毎年春から夏に掛けて、山椒の葉、山椒の実と順番にお料理に使うんです。そうそう、この小鉢に入っている佃煮《つくだに》は、山椒の葉を炊《た》いたものです。山椒の実も炊きますけど、これからですね」

おとらは得意げに説明を終えると、おいちににこりとして、膳を勧める。

伊兵衛は、おとらの説明を黙って聞きながら箸を進めていたが、おいちの顔に元気がないのに気づいたのか、まだ箸をつけてなかった天ぷらの皿を、すっとおいちの膳の上に載せた。

「ご隠居さん……」

おいちが顔を向けると、

「たくさん食べて、元気を出して……」

伊兵衛は微笑んで言った。

「でもそれじゃあ、ご隠居さんが……」

「わしはこの和え物と自然薯で十分だ」

この宿で知り合ったばかりの隠居に優しい声を掛けられて、おいちは目を潤《うる》ませた。

「ありがとうございました」

おいちは食事を終えると、伊兵衛に礼を述べて自分の部屋にいったん引き上げたが、市兵衛と佐和が食事を終えてお茶を飲んでいると、二階から下りて来て二人の前に座った。

「皆様にはご心配をおかけしていますが、母を捜しだすという当初の自信が、だんだんなくなってきています。でも私、諦めたくないのです。こちらには一《ひと》月《つき》はご厄介になりたいと思っておりますので、よろしくお願いいたします」

おいちは言った。

「おいちさんの気の済むまで泊まっていただいてよろしいのですよ。この宿は、おいちさんのような人に利用してもらいたいと思って旦那様が始めた宿なんです。何か困ったことがあるのなら話して下さい。私でよろしければ相談に乗りますよ」

佐和は、おとらが淹れたお茶をおいちに勧めた。すると市兵衛も、

「一人で悩みを抱え込むのはよして、話してみなさい。そうすれば気持ちも少しは安らぐものだ」

おいちの俯《うつむ》いた顔に言った。

おいちはまだ迷っているようだった。俯いたまま、自分の前に置かれたお茶を見詰めていたが、

「私がおっかさんと別れたのは、生まれてすぐのことだったらしいんです……」

ようやく決心をしたように顔を上げた。

「まあ……じゃ、赤ちゃんの時？」

佐和は問い返し、市兵衛と顔を見合わせた。

「はい、私は常陸国桑田《くわだ》から参りました。母は桑田の城下町の呉服問屋の台所女中としてお店《たな》に通っていたようです……」

おいちは、堰《せき》を切ったように話し始めた。おいちの母は、名をおまきと言い、

おていという妹が一人いた。

両親を早くに亡くしていた二人は、貧しさに耐えながらも体を寄せ合って生きていた。

姉のおまきが台所女中として働く一方、妹のおていは、着物の仕立てをして銭を得ていた。

ところがある日、おまきは店の内儀から暇を出された。

店の主とただならぬ関係になっているというのが、その理由だった。おまきの話では、主に手込めにされたということだったが、内儀はおまきへの怒りが抑えきれなかったようだ。

ところが、暇を出されて一月もしない間に、腹に子を宿していることが分かったのだ。

おまきは主に訴えようと呼び出したが、なぜかやって来たのは内儀の方で、手切れ金三両を置き、二度と店には近づくなと厳しく言われた。

おまきは子を堕《お》ろすことも考えたが、結局出来なかったのだ。

やがて赤子は生まれた。それがおいちだったのだ。

だが、桑田におまきの働き口はなく、おていの働きだけで三人の暮らしを維持するのは難しかった。

そこでおまきは、おいちをおていに預けて江戸に出て来たのだった。

以後、おいちが十八歳になるまで、おまきは三月《みつき》に一度暮らしの金を送って来た。おていの内職では、とうてい手に入れられない金額だった。

おいちは叔母のおていの手で育てられたのだ。

「ただ……」

おいちはそこまで話すと顔を上げ、市兵衛と佐和を見て、

「叔母は、お金を送ってくれているのは、お前のおっかさんだよとは教えてくれましたが、どこで何をして暮らして、私たち二人の暮らしを支えてくれているのか、教えてはくれませんでした。それが子供心に不思議で……でも叔母に聞いてもいつもはぐらかされて……」

佐和は、おいちを見詰め返して頷いた。

おいちは話を続ける。

叔母のおていは、おいちが十五歳になった時に、一度大工の男と所帯を持っ

たが、その男はおまきが送って来る金目当てと知り、おていは別れた。

以後叔母は、誰とも所帯を持つことはなく、おいちが十九歳になった年に、病で亡くなってしまったのだ。

その時に叔母は、おいちを枕元《まくらもと》に呼んで、

「お前のおっかさんは江戸にいる。江戸の深川に『丸子屋《まるこや》』という店があるらしいが、そこにいるようだ。仕送りは昨年で終わったが、お前が一人前になったと思ったからだろう。おいち、おっかさんは身を挺《てい》してお前と私の暮らしを支えてくれたんだ。そのこと、忘れたらバチが当たるよ。いつか、おっかさんに会いに行けばいい。会いに行ったら伝えておくれ。ありがとうって……私がそう言っていたと……」

おていは、おいちの手を取って遺言した後、旅立った。

おいちは話し終えると、波立つ胸の息を整えているように見えた。

「おいちさん、これまでの調べでは、その丸子屋という店が見付からないんだね」

じっと聞いていた市兵衛が訊く。

「はい」

おいちは力なく言って頷いた。

「ふむ。おっかさんはどんな人だったのか、何かおっかさんのことを知るものがあるのかね」

「それは何もありません。分かっているのは、おっかさんの名前は、おまき。そしてもうひとつ、二の腕に、瓢簞《ひょうたん》のような痣《あざ》があるらしいんです。私にも、似たような痣があります」

おいちは、腕を捲《まく》った。

「ほんと……」

佐和は驚いて、おいちの二の腕を眺めた。

眩《まぶ》しいほどの白い二の腕に、うっすらと痣は広がっていた。ただ瓢簞には見えなかった。

三

佐和はこの日、永代寺《えいたいじ》門前山本町の料理屋の女将《おかみ》と会った。かねてより一弦琴を弾いてくれないかと使いを貰《もら》っていたためだ。

佐和は一弦琴について説明をし、事前に予約してくれるのであれば、一曲披露しても良いと約束を交わしたのち、料理屋を出ると、蛤町《はまぐりちょう》に足を伸ばした。

昨夜おいちから打ち明け話を聞いたが、おいちが二階に引き上げると、伊兵衛がやって来て、こう告げたのだ。

「私は昔、丸子屋に行ったことがありまして」

伊兵衛は、おいちの話を聞いてしまったのだと断った。なにしろ今伊兵衛が使っている部屋は、おとらの隣の部屋で、しかも食事をする部屋の居間とは一番近い。しかし、そんな昔の記憶が伊兵衛の口をついて出たことが驚きだった。

「そうですか、聞こえましたか。すると、何処にあったのかご存じですな」

市兵衛が訊くと、伊兵衛はしっかりと頷いた。

「分かりました、そういうことならおいちさんに知らせてやりましょう、丸子屋のあった場所を」

市兵衛が立ち上がろうとしたが、伊兵衛は制してこう言ったのだ。

「丸子屋は普通の店ではありませんよ。春を売る店でした」

「何と……」

市兵衛は座り直した。

「そのことを話してよいものかどうか迷ったものですから、まずはお二人にだけ話したのです」

伊兵衛は、おいちが衝撃を受けるのではないかと案じたようだ。

市兵衛も頷いて、今日この場で、おいちに話すことを止《や》めた。

それにしても、伊兵衛の頭は、ここにきて以来よみがえってきつつあるのかと佐和は伊兵衛の顔を見た。

ただ、これまで市兵衛から聞いていた呆《ぼ》けについての話では、昔のことは覚えているらしいし、まだら呆けというのもあるらしいから、伊兵衛の言っていることに間違いはないのだろうと思った。

さらに伊兵衛は小さな声で続けた。

「全員伏せ玉が売りの店でした」

伏せ玉というのは、店が女を抱えていて、女たちもその店で暮らしている、そういう店のことを言う。

「そうですか、丸子屋というのは、深川にあった女郎宿だったんですな」

市兵衛は訊く。すると伊兵衛は、

「大店の旦那衆が深川の料理屋で会食をすると、必ず何人かが立ち寄ったものです。私も行ったことがあります。気立ての良い女ばかりで、あのあたりの女郎宿では値段も良かったが人気がある店でした。もう何年前のことだったか覚えていないんですが、ふっと思い出して行ってみましたら、店はなくなっておりましてな。まっ、そういう店ですから、おいちさんに教えてやるのもどうかと思いまして」

思いがけない話に、市兵衛と佐和は耳を疑った。

その晩佐和は市兵衛と話し合って、おいちに話す前に少し調べてみることにしたのである。

まもなく佐和は蛤町に入ると、『万年丹《まんねんたん》』と看板を掲げた薬屋の横町から奥に入って三軒目の店先に立った。

今は小料理屋になっているが、その地が丸子屋だったところに違いない。

向かい側にある蕎麦《そば》屋に入ってざるを注文した佐和は、蕎麦を盆に載せて運んで来た中年の女に訊いてみた。

「あの向かい側の店ですが、昔は丸子屋さんだったんじゃありませんか」

「ええ、そうですよ。五年前だったかな、潰《つぶ》れたんですよ。うちとは近いですからね。姉さん方もよくここに蕎麦を食べに来てくれてたんですがね」

　中年の女の話では、丸子屋にいた女たちも、それぞれどこかの店に移って行ってしまったらしいということだった。

「丸子屋さんには、おまきさんという方がいたと聞いていますが、ご存じですか？」

　念のために訊いてみると、中年の女は知らないと言ったが、

「もっとも、店では名を変えていますからね」

と笑った。確かにそうだろうと佐和は頷き、

「おまきって人は常陸国から来た人なんです。そうそう、二の腕に瓢箪のような痣があるんです」

　ひょっとして知っているかもしれないと話してみると、

「ちょっと待って下さいよ。痣があったのは、はぎのさんて人だ。はぎのさん

には痣がありましたよ。ここで見せてくれたことがあったんです」

中年の女の声が、思わず大きくなった。

「そのはぎのさんは、今どちらにいるかご存じですか」

佐和の問いかけに、中年の女は奥の板場に下駄《げた》を鳴らして小走りして戻ると、水玉模様の手ぬぐいで鉢巻きした男を連れて来た。

「うちの亭主です。亭主が、はぎのさんのことはよく知っていますから」

中年の女はそう言って、佐和がはぎののことを聞きに来たのだと告げると、

「はぎのさんは、丸子屋の店が潰れる前に年季が明けていましたからね、他の女たちは丸子屋が潰れたあと、他の女郎宿に移って行ったと聞いていますが、はぎのさんについては、誰だったか、神田の柳橋で見かけたって言っていやしたから、あの辺りに住んでいるんじゃないでしょうか」

亭主はそう言った。

「神田ですか……住まいはご存じないですよね」

「丸子屋を出てから一度ここに菓子を持ってきてくれたことがあったんだが、詳しい所は聞いてねえな。ここにいた頃には常陸国にいる妹にお金を送らなく

ちゃあならねえなんて言ってね、三月《みつき》に一度はここに顔を出していたんだ。あっしが金を預かって飛脚屋に持って行っていたんでさ」

「あなたがお金を……」

佐和は驚いて聞きかえした。

「なあに、あっしもはぎのさんとは生国が同じだったものですからね、娘さんの話を聞いて、ひとごとじゃねえって思いやして。あっしのおっかさんも国元で暮らしておりやして、何だかんだと送っていたものですから……」

そのお金を送ってもらっていた娘が、今江戸にやって来て、母を捜しているのだと話すと、

「そうですかい、気の毒な話だな。居場所が分かっていれば教えてあげられるんだが……」

蕎麦屋の亭主は、顔をしかめて言った。

佐和は、自分はへんろ宿の女将だと告げて店を出た。

ふうっと思わず安堵《あんど》の息をついた。雲を摑むような話だと思っていたが、思いがけない話を聞くことが出来た。まずは神田を捜すことだと、踵を返した佐

和の足取りは軽かった。

　おいちの喜ぶ顔が目に浮かんだ。

「あら、旦那さまは……」

　佐和は台所にいるおとらに訊いた。

「旦那様は鳥籠が出来たので、めじろを買いに行くとおっしゃって、お出かけになりましたよ」

　おとらは笑って、あんな旦那様を見たのは初めてだと佐和に言った。

「そうか……」

　出かけたのかと部屋を見渡すと、縁側に出来上がった鳥籠が置いてあるのが目に留まった。

　佐和は縁側に出て、鳥籠を手に取った。直方体の鳥籠の中には、止まり木も掛けてあり、餌《えさ》入れ水入れも用意してあった。

——ほんと、子供のように夢中になって……。

　市兵衛の知らなかった一面を見て、佐和は苦笑した。

お茶を持って来たおとらに、おいちのことを聞いてみると、今日は外出を控えているという。

「具合でも悪いのかしら？」

「いいえ、今日は少し休みたいとおっしゃって。ずっと毎日出かけていましたから疲れてしまったのではないでしょうか」

　おとらは心配しているのだと付け加えた。

「じゃあ、様子を見てきて下さいな。話しておきたいことがあるのだと伝えて下さい」

　佐和はおとらに頼むと、座ってお茶を手に取った。すると伊兵衛が佐和の声を聞きつけて出て来た。

「おかみさん、何か分かりましたか」

　伊兵衛は佐和の前に座った。

「ええ、お陰様で少し分かりました」

　佐和がそう告げると、

「そうですか、それは良かった。いや、私も他人《ひと》事《ごと》とは思えなくなりましてな、丸子屋がその後どのようになったのか、教えてくれませんか」

伊兵衛は真顔だった。

「伊兵衛さんもなじみの方がいたんですね」

佐和は訊いた。

「はい、昨日は詳しい話はしませんでしたが、私はあの店に恩ある女子《おなご》がいたんです」

「まあ……」

佐和もそういうこともあろうかとは思っていたが、年老いた隠居の口から話を聞くと、妙に生々しく感じた。

伊兵衛も少し恥ずかしそうな顔をして、

「十五年も前のことですが、その女に出会ったことで死ななくて済んだんです。忙しさにかまけて、その後会ってはいませんが、いつか会って礼をいいたいと思っていました。ですから、おいちさんから店の名前を聞いて気になって気になって、忘れていた昔を思い出しまして……」

静かな口調で話す伊兵衛の顔に、嘘はないと佐和は思った。

「おかみさん」

そこにおいちが、おとらに連れられて入って来た。

「心配をおかけしてすみません」

おいちは、佐和の前に座った。

佐和はおいちに、丸子屋があった場所を伊兵衛が教えてくれたお陰で、少し分かったことがある。実は伊兵衛さんも、丸子屋とは関わりがあって気に掛けているようなので、おいちさんと一緒に話を聞きたいとおっしゃっている。

そう告げて断りを入れてから、

「おいちさんには辛い話になるかもしれませんが、しっかりとした気持ちで聞いて下さい」

佐和は言った。

おいちは小さい声で、はいと頷くと、唇をひきしめて佐和を見た。

佐和は、丸子屋があった場所の近くの蕎麦屋で聞いた話をして聞かせた。

おいちの顔は、聞くほどに険しくなって、佐和が話し終えた時には、しばらく言葉を発せなかった。

まさか自分の母親が働いていた店というのが女郎宿だったとは、想像もしていなかったに違いない。

「おいちさん、思いがけない話を聞いて驚いているのでしょうが、私からいえることは、人は長い年月暮らしていると、家族にも言えないこともあるってことです。無傷でこの世を渡れる人は少ないのではないでしょうか。おいちさんのおっかさんは、ただただおいちさんが妹さんの手によって、ちゃんと育つようにと、それればかりを願って働いて仕送りしていたと思うんです。ですから、丸子屋で働いていたことを恥ずかしいなんて思わないで下さい。私は蕎麦屋のご夫婦から聞いて考えさせられました。私だったら、出来るだろうかと……家族のために身を挺してお金を作るなんてことが出来るだろうかと」

「おかみさん……」

俯いて聞いていたおいちが顔を上げて、

「私のおっかさんは、本当の名前は、おまきでした。でも丸子屋さんでは、はぎのという名前で働いていたんですね」

念を押した。

「ええ、それは間違いないと思いますよ。はぎのさんの二の腕には痣があったのを蕎麦屋のご夫婦は見ていますし、それに、仕送りを蕎麦屋のご主人に頼んでいたことも分かりました。宛名《あてな》はおいちさんの妹さんのおていさん。そして送り主の名はおまきさん。はぎのさんの名ではなく、おまきさんの名で送っています。蕎麦屋のご亭主は何年にもわたって、仕送りを手伝っていたんですから、その話に間違いはないと思いますよ」

おいちは何度も小さく頷いていたが、ふいに涙がこみ上げて来たようだ。そっと袖で目を押さえる。

「おいちさん」

心配になって声を掛けた佐和に、おいちは、

「おっかさんは、故郷が忘れられなかったんだと思いました。私が暮らしていた町の外れには大川が流れているんですが、その大川の土手一面に萩《はぎ》の花が咲き乱れる場所があるんです。叔母は私をそこに何度も連れて行ってくれましたが、その時に——あんたのおっかさんはこの場所が大好きでね、花の咲く頃には毎年来ていたんだよ——そう教えてくれたことがありました。おっかさんは、

おっかさんは……」

おいちはまた涙を零《こぼ》した。

佐和も伊兵衛も黙って見守った。まもなくおいちは涙を拭《ふ》くと、

「お手数をおかけしました。私、明日から神田の方を当たってみます」

礼を述べるおいちの頬に、かすかに血の色が差している。

おいちは、母親が女郎をして仕送りしてくれていた苦労を、ちゃんと受け止めてくれたようだった。

佐和は、ほっとした。だがこの時、側で聞いていた伊兵衛の目に光が宿っているのを、佐和は気づいていなかった。

四

縁側に置いてある鳥籠に、市兵衛は買い求めてきためじろを、そっと両手で入れた。

「まあ、可愛《かわい》い」

おいちが駆けよって来て、鳥籠を覗く。

「チーチー、チチチチ……」

めじろは、不安そうな鳴き声を上げながら、顔をきょろきょろさせて鳥籠の周りに集まって来た者どもを見上げている。

佐和におとら、それに伊兵衛までやって来て籠を囲むように座っているのだから、めじろが驚くのも無理はない。

「おいおい、これじゃあ、めじろが鳴くに鳴けないじゃあないか」

市兵衛も嬉《うれ》しそうだ。

「懐《なつ》かしいな、私も若い頃には、山の中に友達と分け入って、めじろの巣を探したものです。めじろは卵から出て来て一ヶ月で独り立ちしますからね。巣から飛び立つ前を見計らって捕獲したものです」

伊兵衛も弾んだ声で言った。

「旦那さま、餌の作り方はご存じなんでしょうね」

おとらが案じ顔で尋ねると、

「大丈夫だ、ちゃんと鳥屋で教わってきたからな。しかしこのめじろの羽の美しさは格別ではないか？」

市兵衛は皆の顔を見渡す。

「確かに……」

伊兵衛は頷き、

「市兵衛さん、私がここに厄介になっている間は、私が餌やりをしますよ。なあに、年季が入っておりますからね」

めじろの出現は、へんろ宿に思いがけない温かい空気を運んでくれたようだった。

するとその時だった。

「キョキョ、キョキョキョキョキョ、キョキョキョキョキョ、キョキョキョキョキョ」

どこからかほととぎすの声が聞こえてきた。

「あら、お誘いの声がかかりましたね」

佐和はめじろに声を掛ける。

みんな顔を寄せ合って笑った。宿はひさしぶりに笑い声に包まれた。

だがその時、玄関に来客の声がした。

おとらが出向くが、すぐに戻って来て市兵衛に耳打ちした。

市兵衛が玄関に向かうと、甲州屋伝蔵が立っていた。

「旦那、遅くなりやしたが、少し分かりまして、お伝えした方がよろしいかと存じましてね」

伝蔵は頭を下げた。

「手数をかけてすまなかった」

市兵衛も頭を下げたが、背後に聞こえる伊兵衛の声に振り返り、

「どうだろう、二、三軒先に蕎麦屋がある。そこで話を聞きたいのだが……」

「へい、あっしはどちらでも……」

伝蔵の同意を得て、市兵衛は近くの蕎麦屋に入った。

「ここは美味《うま》い天ぷら蕎麦を出してくれるんだ」

市兵衛はそう言って、天ぷら蕎麦と酒を頼んだ。

「すみません、ごちになります」

伝蔵は美味《おい》しそうに酒を数杯立て続けに飲んだが、盃《さかずき》を台に置くと、

「あの印伝の財布でございやすがね、堀江町で印伝細工を行っている吉次《きちじ》という男がいるんですが、その吉次が、本石町《ほんごくちょう》の小間物屋から受けた仕事だったよ

うです。それも特注もので、吉次の話では、随分と気を使ったと言っておりやした」

「ふうむ、すると、その吉次という印伝師は、誰の注文かは知っていたのですかな」

「へい、注文主は、大伝馬町《おおてんまちょう》に筆墨の店を持つ『天竜屋《てんりゅうや》』の伊兵衛さんという人だったと言っています」

「そうか、これで分かった。良く調べて下さった」

市兵衛は礼を述べた。

「旦那、これは余計な話でございやすがね。その伊兵衛さんという方は、今じゃあ隠居なさっているようですが、二人居る倅《せがれ》が仲が悪くて、店をどちらに継がせるのだと父親に詰め寄ったりしていやしてね。倅の内儀の実家まで巻き込んで、今大変なんだって聞きましたぜ」

「そうか……」

伊兵衛が回向院で茫然自《ぼうぜんじ》失《しつ》の有様で座り込んでいたのは、ただの呆けではなく、家の中のそういう事情をかかえての、苦悩のすえのことだったのかもしれない。

伝蔵の話は、伊兵衛の心の中を覗かせてくれたようだ。

「いや、助かりました」

市兵衛は、一朱金を懐紙で包んで、伝蔵の前に置いた。

「貧乏な宿で、これはほんの気持ちだけだが……」

「旦那、よして下さいまし」

伝蔵は包みを突き返すと、

「あっしはね、あっしを思い出して声を掛けて下さったのが嬉しいんでございやすよ。どうぞ、これを縁におつきあい下さいませ。今日はこの、おいしそうな蕎麦を頂いて帰りやす」

笑って言った。

「伊兵衛さんは天竜屋のご隠居さんだったんですか」

佐和は市兵衛の話を聞いて驚いて、

「天竜屋さんといえば、筆でも墨でも一級品だという評判です。一生に一度は、天竜屋さんの筆と墨で文を書いてみたいと思っている方は大勢います。そんな立派なお店のご隠居さんが呆けて家を忘れてしまうなんて……先ほどはおとらさんと、めじろの餌にするハコベを摘みに行ったんです。優しい方なのに、息子さんたちは、何が不満で父親に詰め寄るというのでしょうか。お気の毒に……」

煙草盆を引き寄せた市兵衛の手元を見て言った。

「うむ……」

市兵衛は思案の顔で、煙管《きせる》に煙草を詰め、火を付けて一服吸うと、

「佐和、ご隠居は呆けてはいないよ」

ぽんと吸い殻を煙草盆に落とした。

「えっ、呆けてはいないって……でも、家を忘れているんですよ。それはあなたもご存じじゃありませんか」

佐和が意外に思うのも無理はない。へんろ宿で暮らしている間、佐和が何度尋ねても、首を傾げたりして、なかなか家族のことを思い出せないでいるのだった。

「まだら呆けかもしれないが、天竜屋を忘れているとは私には思えぬのだ。倅二人に、さあどっちに店を継がせるのだと詰め寄られて、それで家を出てきたに違いない」

　特に呆けてはいないと市兵衛が感じたのは、おいちの母親が働いていた丸子屋の話が出てからだ。

「それではどうなさいます……印伝師の伝蔵さんからお聞きになった話を、伊兵衛さんになさるんですか？」

　佐和の口調には、咎《とが》めるような色がある。

「今日でなくても、話さなくてはなるまい。そなたは、隠居を問い詰めるような話はするべきではない、隠居には酷だと考えているようだが、それは少し違うな。腹を割って話すことが出来た時、隠居の気持ちは楽になるのではないかな」

　市兵衛が再び煙草に火を付けたその時、

「あっ、いたいた」

　欽次郎《きんじろう》がにこにこして庭に入って来ると、続けて坂本数馬《さかもとかずま》も、

「親父さん、御奉行所に私を訪ねて来て下さったんですね、何か用があったんじゃないかと思って……」

ふらりと入って来た。

市兵衛は今日、伝蔵を見送ったのち、北町奉行所に向かったのだ。数馬に相談したいことがあったのだが留守だった為《ため》、伝言を残して帰って来た。

「うむ、少し手助けしてほしいことがあるのだ」

市兵衛は縁側に腰を掛けるよう促した。

佐和は立って、お茶を淹れるために台所に向かった。

「親父さんがそんなことをいうなんて珍しいな。なんですか？」

数馬は縁側に腰を掛けて市兵衛を見た。

「神田一帯の長屋に住む人の中に、おまきという女はいないか捜しているところなんだが、お前さんがあの辺りの番屋に立ち寄った折に大家に尋ねてもらえれば助かるんだが」

「なんだそんなことですか。お安い御用ですが、ただ、神田と言っても広いですからね、時間がかかりますよ」

数馬は言った。

「いや、柳橋付近に住んでいるんじゃないかという話だ」

「それならばたいした時間はかかりませんよ」

数馬の言葉を受けて、欽次郎が言う。

「あっしが廻ってみましょう。数馬の旦那より、あっしの方が小回りがききますからね」

欽次郎は、ここが出番とばかりに言って数馬を見て笑った。

「すみませんね、無理なお願いをいたしまして……」

そこに佐和が五色の串団子とお茶を運んで来た。

「有り難い、小腹が空いていたところです。いただきます」

数馬と欽次郎は、串団子をとって口に運ぶ。美味そうに食べる二人を見ながら、客の中に母を捜している娘がいて、その母親の名がおまきというのだと、これまで知り得たことを二人に市兵衛はざっと話し、どうにも放っておけないのだと苦笑した。

「そこが親父さんの良いところではないですか」

数馬は言う。

「すまぬな。私も柳橋近辺は当たってみるつもりなんだが、まさか番屋に入って聞き回ることは出来ぬからな。いや、忙しいようならいいんだぞ」

「親父さん、水くさい言い方はやめて下さい」

数馬は、お茶を飲み干すと立ち上がった。

五

その晩のことだった。

食事を終えて部屋に引き上げた伊兵衛を市兵衛は訪ねた。左手には盃二つを重ねて持ち、右手には温めた酒を入れた徳利を持っている。

ついこの間までは、酒は銚子《ちょうし》に入れて膳に出していたものだが、近頃では、ほどよい大きさの、膳の上に載せられる徳利が出て来て、へんろ宿でも二本購入している。

「いかがですかな、寝酒で一杯……」

市兵衛が部屋の中に入った時、伊兵衛は行灯《あんどん》の前で見たこともないような暗

い顔をして座っていた。だが、

「これは市兵衛さん」

市兵衛の方に振り返った時の伊兵衛の顔は、いつもの好々爺《こうこうや》の顔だった。

「一度、ゆっくり伊兵衛さんと飲んでみたいと思いましてね」

市兵衛が盃を置いて酒を注ぐと、

「ありがたい、いただきます」

伊兵衛は嬉しそうに盃を取った。

「ふっふっ、こうして人の目を盗むようにして飲む酒は、格別でございますな」

酔う程に、伊兵衛は楽しそうに言う。

「まことにまことに」

市兵衛も相槌《あいづち》を打ちながら、何時《いつ》あの話を始めようかと考えていると、

「しかし驚きましたよ。おとら婆さんから聞きました。ハコベを摘みながら、市兵衛さんはお旗本のご嫡男《ちゃくなん》だったという話をね。歴《れっき》としたお旗本が、こうして宿を営んでいる。それも普通の宿ではありませんからね。いやいや、ご立派

です」

伊兵衛は心底感心している様子だった。

「なあに、事情があって宿を始めましたが、儲《もう》けは度外視しての商いですから」

あんまり褒められても照れくさいばかりだ。

すると、伊兵衛が思いがけない言葉を発した。

「私にもしも倅がいたならば、市兵衛さんの爪《つめ》の垢《あか》を飲ませてやりたいものでございます」

「伊兵衛さん、あなたには息子さんがいるのですね。それも二人……」

市兵衛は笑って言った。

「市兵衛さん……」

伊兵衛は、はっとして市兵衛を見た。

「伊兵衛さん、あなたは筆墨を扱う天竜屋のご隠居ですね」

市兵衛の問いに、伊兵衛は戸惑っているようだった。

「実はご隠居が持っている印伝の財布を手がかりにして、調べてみたのです。

そしたら、天竜屋さんのご隠居と分かった」

「……」

口を閉じているが、伊兵衛の目は暗く光っている。

「うちの者が回向院でご隠居に会った時、呆けてしまった年寄りだと勘違いしたようですが、呆け老人なんかじゃない。伊兵衛さん、あなたには家に帰りたくない事情があって、だから、呆けた真似《まね》をしていたんでしょう」

「……」

「しかし、いつまでも呆けた真似をしては暮らせない。第一呆けを貫くのは大変でしょう。それに、呆けに逃げたところで、何か問題が解決されるという訳ではないのですから」

市兵衛は、黙って聞いている伊兵衛の顔の様子を窺《うかが》いながら、自分が浪人をしていた頃の、心の葛藤《かっとう》を語った。

剣術を磨くのが目的だと言い聞かせて全国を行脚《あんぎゃ》したが、それは苦しみから逃げる口実で、何も解決しなかったことを。

「勝手な憶測でものを言って的外れかもしれないが、呆けに逃げ込むことより、一歩前に進むことを考えた方がよいのではと思うのだが……」

　すると、それまで黙っていた伊兵衛が口を開いた。

「おっしゃる通りです。私は天竜屋の隠居です。市兵衛さんのおっしゃった通り、私は家に居るのが嫌になって出て来たんです」

　伊兵衛は心を決めて告白した。

　その告白とは、やはり倅二人とのもめ事だった。

　伊兵衛には、長男の久太郎《きゅうたろう》と次男の三之助《さんのすけ》という二人の息子がいて、二人とも店を手伝って来てくれたのだが、兄の久太郎に嫁を貰ってから兄弟の仲は、ぎくしゃくするようになった。

　そして伊兵衛が隠居を臭《にお》わすと、誰が店の長になるのか、兄が店を継いだ場合弟の取り分はどうなるのかなどともめ事が勃発《ぼっぱつ》、伊兵衛の口からはっきりと言ってくれなどと詰め寄って来る。近頃では沽券《こけん》はどうなるんだ、遺言を書いてくれるのかなどと、それが父親に言うことかと思われるような言葉を発するようになった。

　伊兵衛は、そんな倅達を見ていて嫌気がさしたのだった。

――なんのために、汗水垂らして店を大きくしてきたのかと……。

こんな情けない倅達に残すために、店を大きくして来たのかと愕然《がくぜん》とした。財は自分の力で作れというのが、伊兵衛がずっと心に刻んできたことだ。ところが倅達は、財は譲り受けるものだと勘違いしている。つてのなかった伊兵衛が店を興《おこ》し、苦労に苦労を重ねて信用を得、筆と墨なら天竜屋でなければと一代で誰からも認めてもらうようになるには、気の遠くなるような努力が必要だったのだ。

――それなのに……。

倅達は、財産は貰って当たり前のような顔をしてもの申すのだ。こんな筈《はず》ではなかったと、伊兵衛は店の沽券を懐に入れて、家を出てきたというのである。ただ、出て来たものの途方に暮れて、回向院の池の側で呆然《ぼうぜん》と座っていた時に、佐和とおとらに声を掛けられたのだ。

そして伊兵衛は佐和とおとらの親切を受けて、呆け老人を演じながら宿に泊めてもらった訳だが、心の中では皆には申し訳ないと思っていたようだ。

「この通りです」

伊兵衛は頭を下げた。

「いやいや、そんなことは良いのですが、やはり、きちんと二人の息子さんと話し合われた方がよいのではありませんか。それでも話の決着が付かず、また家を出ることになりましたら、どうぞ、このへんろ宿を利用して下されば良いのです」

市兵衛の言葉に、伊兵衛は何度も頷き、

「一瞬の隙《すき》もみせられない、見せれば引きずり下ろされる、そんな商いの世界を渡り歩いてきましたが、こんなにもあたたかい心をいただいたのは久しぶりでございます。実は昔、昔と言っても十五年ほど前のことでございますが、その時も、私はもう商いは止めてしまいたい、それほどに悩んだことがありました」

じっと聞いてくれている市兵衛の顔を見た。

「想像できませんな、今の天竜屋さんを見ていると、ずっと順風満帆だったように思えますが……」

市兵衛は言いながら、二人の盃に酒を注いだ。酒はもう冷えていたが、この部屋に入った折の酒の味より、美味いように感じた。

「もう一杯いきましょう」

市兵衛はまた酒を注ぐ。

伊兵衛も美味そうに飲んだが、飲み干した盃を下に置くと、

「市兵衛さん、私はこの宿に来て、神仏の導きというものがこの世にあるのだと実感しております」

と言った。市兵衛は頷いてから、

「そう思われたのは、丸子屋に関することではありませんか」

伊兵衛の顔に質《ただ》してみた。

「はい、その通りです。おいちさんには言えない話なんですが、私が丸子屋に行った時になじみになったのは、はぎのという女郎だったんです」

「なんと……」

これには市兵衛も驚いた。

「女房を病で亡くしたばかりで、倅も十二歳と八歳。店は借金がかさんで何時潰れてもおかしくないような状態でした。そんなおりに、ふっと女郎宿に足を

踏み入れたのですが、はぎのは私の心に寄り添ってくれましてね、『旦那さん、今日は苦しくても辛くても明日は笑って暮らしているかもしれないよ、私だってそう信じて頑張っているんです』そう言ったんです。その言葉に励まされましてね……」

伊兵衛は、淡々と述べていく。

とにかくはぎのは何時会っても、

「旦那さん、今日は苦しくても辛くても、明日は笑って暮らしているかもしれないよ」

その言葉を伊兵衛に贈り続けてくれたのだという。

はぎのに巡り合わなかったら、自分はあそこで終わっていたかもしれないのだと、伊兵衛は言った。

「まさかそのような繋がりがあったとは、思いもよりませんでした。一度や二度、遊びに行ったことはあるのだろうとは思っていましたが」

意外だったと市兵衛が告げると、

「ところがです。店がしっかり立ち直り、人の信用を得て大きくなった時、はぎのを長い間忘れていたことに気づきました。勝手なものです。一番辛い時に励まし続けてくれた人の存在を、忙しさにかまけて忘れていたとは……人として恥ずかしい限りです。私はすぐに店に向かいました。せめてひとこと礼を言いたいと思ったのです。ところが、もうあそこに店はなかったのです。店の女たちも何処に行ったのか分かりませんでした。むろんはぎの消息も、そこで切れた訳です」

伊兵衛は残念そうな顔で大きく息をついた。

「はぎのさんは柳橋近辺で暮らしているらしいですから、今調べているのですが、見つかったら知らせます」

「是非……」

伊兵衛は真剣な顔で小さく頭を下げると、

「市兵衛さん、もしも人の手を使って捜すのであれば、私がその人たちの手間賃を払います。市兵衛さんが差配していただけませんか」

市兵衛に膝《ひざ》を寄せた。

「分かりました。いざとなったらその手も良いかもしれません」

市兵衛は頷いた。すると、伊兵衛は膝を叩《たた》いて、

「そうと決まったら、倅二人と話し合って決着を付けます。なあに、大丈夫です。私もおいちさんを見ていて目が覚めました。それに、はぎのが元気で暮らしている。それだけで元気が出てきました」

伊兵衛は明るい顔で言った。


「旦那さん……」

おいちは、柳橋の上から橋の袂で待っていた市兵衛に手を振ると、行き交う人を搔《か》き分けるようにして走って来た。

「どうだ、やはり見付からなかったようだな」

市兵衛は、荒い息を吐いているおいちに尋ねた。

「はい、ずいぶん廻ってみたんですが、おまきなんて人は知らないって言われました。ひょっとして名前を変えているかもしれないと思って、二の腕に痣のある人だということも話してみたんですが」

おいちは首を横に振って手がかりのないことを告げた。

「そうか、私の方も何も摑めなかったんだが……」

市兵衛は辺りを見渡して、これからは柳橋に拘《こだわ》らずに、少し範囲を広げて聞いて廻るのもよいかもしれないと思った。

「そこで団子でも食べてからにしよう」

市兵衛は近くに見える水茶屋を指した。

「すみません、こんなにご迷惑かけることになって」

おいちはすまなそうな顔で言う。

「なあに、思いがけず伊兵衛の隠居も手を貸してくれると言っているのだ。おっかさんは、きっと見付かる」

市兵衛は水茶屋に入ると、団子とお茶を頼んだ。その水茶屋からは、柳橋が見える。

二人は今朝早くから柳橋近辺の小料理屋や飲み屋などを訪ねて、おまきを捜していた。

刻《とき》を告げる鐘がなるたびに、この柳橋の袂で会って、何か手がかりがあったのかどうか報告しあっているのだった。

「旦那さん」

おいちは、手に茶碗《ちゃわん》をとると、柳橋を行き交う人々に視線を置いたまま、

「私、おっかさんがお女郎さんだったと知って驚きましたが、どこかで薄々、そういう仕事じゃないかと思っていたんです。でもはっきりと分かって、いっそうおっかさんの愛情を感じることが出来ました。おかみさんもおっしゃっていましたが、余程の決心がなくては出来るものではありません。おっかさんは、丸子屋が潰れた時に、私たちのところに帰ってこようと思えば帰って来ることが出来たのに、それをしなかったのは、何かを知られて私が傷付くのではないかと考えたからに違いありません。私も叔母も、おっかさんには有り難い気持ちしかなかったのに、ずっと待っていたのに……」

そう言って唇を噛んだ。

「おいちさん、おっかさんと会えたら、その気持ちを言ってあげればいい。おいちさんのその言葉を聞いたら、おっかさんは、これまでの苦労が吹っ飛ぶに違いないんだ」

市兵衛の言葉に、おいちはこくんと頷いた。

その二人の耳には、どこかの林で鳴いているのか、ほととぎすの鳴き声が聞こえてきた。

おいちは、じっと聞いていたが、

「おっかさんが私を置いて国を旅立った時、ほととぎすが鳴いていたって叔母が言っていました。初夏を迎えて、ほととぎすの鳴き声を聞く度に、私、おっかさんを思い出していました。そのほととぎすの声を、宿で聞いた時、私、きっと、おっかさんに会えるって、そう信じようって思いました……でも」

言葉を濁して涙ぐむ。

「必ず見付かる。大丈夫だ」

市兵衛が言ったその時、

「親父さん、ここにいたんですか」

数馬が欽次郎と走って来た。

二人の顔が強《こわ》ばっているところを見ると、良い知らせではないなと市兵衛は身構えた。

「たいへんなことが分かりました。おまきさんは今、瀕死《ひんし》の状態です」

「何、間違いないのか……」

市兵衛は聞き返した。

「はい、豊島町の長屋で、おますという名で暮らしていました。大家の話から本当の名は、おまきだと分かりましたが、そのおまきさんが、昨日、そこの下柳原同朋町《どうぼうちょう》の路上で、三益屋《みますや》という下駄屋の内儀に肩口を刺されたというんです」

「何故《なぜ》そんなことになったんだね」

市兵衛が尋ねるのを、おいちは息を詰めて注視している。

「まだ私も本人に会っていませんので、これは番屋の者から聞いたんですが、どうやらおまきさんは、遣り手のようなことをしていたらしいんです」

数馬は、ちらりとおいちに視線をやった。

おいちは驚くというより、挑戦するような目で、話を聞いている。どんな話を聞いても母を信じる、そんな風に見えた。

「遣り手と言っても、岡場所の遣り手じゃねえんです。そこの柳橋でお客を物色して、知り合いの娘を紹介していたらしいんでさ。その娘というのは、まったくのとうしろで、つまりおまきさんは、お仕置き覚悟で、その場しのぎの客引きをやっていたって訳なんです。しかも、純な娘を紹介していたってことです」

　欽次郎が言う。

　市兵衛は、はっとした。

　先だって市兵衛は、この柳橋で初老の女に、誘われたことがあった。

――まさかあの女が……。

　とおいちに視線を向けると、

「おっかさんは今どこにいるのですか。会わせていただけますか」

　おいちは悲壮な顔で数馬に尋ねる。

「今は外科の医者の家に運ばれて治療を受けているようだ。これから行くところだが」

「私も連れて行って下さい、お願いします」

　おいちは、必死の形相で数馬を見た。

六

「まだ眠っています。助かるかどうかは、ここ二、三日が勝負です」

おまきの傷を治療した外科医の藤庵《とうあん》は、市兵衛達にそう告げてから、おまきが居る部屋に案内した。

「おっかさん……」

おいちは、おまきの枕元に走り寄って母の顔を見詰めた。

市兵衛たちも、おまきの枕元に膝を寄せる。

——あの時の、初老の女だ……。

市兵衛は、女の顔を見るなり息を呑《の》んだ。

甲州屋伝蔵を訪ねた帰りに、柳橋で市兵衛に声を掛けてきた女に間違いなかった。

眠っている女子が着ている着物は、藍鼠色の地色に褐色の縞模様が入っている。

——この女子がおまきだったとは……。

あの時この女子は、両親を亡くして祖母を看病している気の毒な娘がいる。その娘とひととき遊んでやってくれないかと言ったのだ。

市兵衛は金もなければ若い娘に格別の興味もなかったから断ったが、あんな台詞《せりふ》を言われたら、大概の男はおまきについて行ったに違いない。

今にも泣き出しそうな顔でおまきを見詰めているおいちに話せることではないが、深川の女郎宿丸子屋を出て自由の身になっていた筈のおまきが、また何《なに》故《ゆえ》に遣り手のようなことをしていたのか、市兵衛はそこが疑問だった。

他に糊口《ここう》を凌《しの》ぐ手立てがないというのなら分からない訳でもないが、たいがいの女なら、元の商売に繋がるような仕事は、遠ざけたいと思うのではないか。

「赤子の時に別れたきりで、私、おっかさんの顔なんて知らなかったんですが、でも、やっぱり、おっかさんに違いないと思います」

おいちが小さな声で言う。

「おいちさんに似ていやすよ」

欽次郎が呟《つぶや》いた。

確かに鼻筋の通っているところや、額の広さ、耳の形など、おいちによく似ていると市兵衛は思った。

おいちは、ふっと思い出したように、おまきが布団《ふとん》の上に出している右腕の袖を、そっと捲りあげた。

「おっかさん……」

おまきの右の二の腕には、瓢箪のような痣が、くっきりと残っていた。

それまで気丈に振る舞っていたおいちが、声を殺して泣き出した。

「おいちさん」

市兵衛は、おいちの肩に手を置いて、

「大丈夫だ、おいちさんが看病してくれているんだ。きっと助かる」

おいちは何度も頷いた。

数馬達は、藤庵に傷の状態などを聞いた後、事件の詳細を知るために藤庵の家を辞した。

市兵衛も頃合いを見て、膝を起こした。佐和や伊兵衛にも、このことを知らせてやりたいと思ったのだ。だがその刹那《せつな》、

「おっかさん！」

おいちが大きな声で呼びかけた。

おまきが、うっすらと目を開けたのだ。

「おっかさん、おいちです。おっかさん、おいちです」

おいちは、何度もおまきに訴える。すると、

「お、おいち……」

おまきは手をのばしてきた。おいちがしっかりその手を摑むと、おまきは目を大きく見開いた。その目は驚愕と動揺で激しく揺れている。

藤庵が入って来て、おいちに告げた。

「あんまり興奮させないように、今が大事だ」

急いでおまきの脈を取る。

「おいち……ごめんよ、おっかさんを許しておくれよ」

おまきはそう告げると、また目を閉じた。

おいちは、おまきの顔を見詰めて、優しく甘えるような声で言った。

「おっかさん、感謝しています。私を、私を産んでくれて、ありがとう」

へんろ宿に、ひさしぶりに一弦琴の音が響いている。

おまきが一命を取り留めたと知った佐和が、更なる回復を願って弾いているのだ。

音は軽快で、夏の夜、ほととぎすの鳴くその一声を聞こうと、隅田川を船で遡《さかのぼ》る楽しい風情の曲である。

夏の夜の
明くる間早み仮初《かりそ》めに
見るほどもなき月影を
惜しむとすれど寝《い》ね難《がて》の

佐和の弾き語りの声が、おいちも伊兵衛もいなくなった宿を包む。

雲井に遠き
待乳《まっち》山《やま》

心関屋の里吹く風に

琴はここで、キョキョキョキョキョとほととぎすの鳴く声を弾いて行く。

市兵衛は、佐和の演奏を聴きながら、めじろに餌をやっている。

おまきの命はまだ予断を許せる状態ではないが、佐和が喜びを琴に託しているように、市兵衛も元気になると信じている。

おいちはこの宿から毎日看病に通っていて、おまきが移動させることが出来る程に回復すれば、いったんこの宿で養生する手はずになっている。

伊兵衛も、たびたびおまきを見舞い、高麗人参《こうらいにんじん》を医者に渡して飲ませてもらったり、少し食べられるようになると、自ら粥《かゆ》を作って届けたりと献身的におまきとおいちを支えている。

また伊兵衛は二人の倅とも話し合い、互いに協力させるように仕向け決着をみたようだ。

さらに伊兵衛は、おまきが元気になった暁には、おいちを店で働かせて、親子が安心して暮らせるようにするつもりだと市兵衛に言っていた。

「よし、その調子だ、たくさん食べてくれ」

市兵衛は、めじろに小さな声で言い、数馬から聞いた事件の話を思い出していた。

おまきは、長屋に住む娘や近隣の娘が暮らしに困っていて、身売りするという話を聞きつけると、早まってはいけない、一度身売りすれば一生抜け出せなくなるのだと説得していたようだ。

ただ、それでも今すぐにでも金が欲しいと訴える娘たちについては、市兵衛を誘ったように、裕福そうな旦那を見つけては声を掛け、ほんのひととき遊ばせて、その金を娘たちに渡していたというのであった。

女郎屋に行けば一生を台無しにする。それならば、ひとときの遊びで済ませる方が傷は浅い。

国に置いてきた娘と同年代の者たちが、暮らしに困って身売りをしようとしているのを、おまきは見過ごすことが出来なかったのだ。

おまきを刺した下駄屋の内儀は、亭主がおまきの手配で女と遊んでいるのを摑み、おまき憎しで命を狙ったらしい。

内儀は今大伝馬町で取り調べを受けているが、重い罪にならないように、数馬に罪軽減の嘆願書を書いてくれるよう、おまきが頼んだと聞いている。

おまきは、旦那衆から貰った金は一文も自分の懐に入れてはいなかった。おまきが世話していた娘たちの証言で分かっている。

——あとは、おまきが元気になるのを待つだけだな……。

心の中で呟きながら、めじろに餌をやる市兵衛の耳に、佐和の琴の音が響く。

　森の下露草ぐさに
　世の雅《みや》び男《お》の憧れて
　君待つ夜《よ》半《わ》に変わらぬは
　ただひと声のほととぎす

冬の霧

一

両国橋東西広小路は見世物や音曲、芸事、寄席《よせ》などの小屋が軒を連ねていて、年中賑《にぎ》わっている。

秋も深まったこの日も『女義太夫《ぎだゆう》見参』『仮名手本忠臣蔵』の幟《のぼり》や大看板の前には、ひときわ客が集まっていて次の入場を待っている。

その小屋の表には、今舞台で演じられている太三味線の音と張りのある女義太夫の声が微《かす》かに聞こえてくる。

一刻も早く見たいと人々が興をそそられるのも無理は無い。

——これほどの人気とは……。

お使いの帰りに通りかかった佐和《さわ》は、改めて女義太夫の人気を目《ま》の当たりにして立ち止まる。

実は十日ほど前から、へんろ宿に母娘《おやこ》が泊まっているのだが、この二人は今この小屋で毎日仮名手本忠臣蔵を演じているのだ。

母は鶴屋《つるや》吉之《きちの》助《すけ》という芸名で太棹《ふとざお》の三味線を弾き、娘は竹本駒吉《こまきち》と名乗る女義太夫だ。

二人は上方からやって来て、他の江戸在住の女義太夫たちに混じって、仮名手本忠臣蔵を演じている。

通しの仮名手本忠臣蔵は、何組もの女義太夫と三味線弾きが演じる段を手分けしているのだが、二人が舞台に上がるのは『殿中刃傷《にんじょう》の段』と『塩谷《えんや》判官《はんがん》切腹の段』と聞いている。

最も人気のある肝心要《かなめ》の段といえるが、鶴屋吉之助と竹本駒吉の親娘の組み合わせは、上方でもひときわ人気で、このたび江戸での公演に、わざわざ呼び寄せたのだと聞いている。

佐和は思い立って木戸番に耳打ちして小屋の中に入った。

女義太夫の知り合いの者だと告げ、木戸ご免札《ふだ》を見せたのだ。

ご免札は宿泊している母娘から、いつでも小屋に見物に来るようにと手渡されていたものだ。

へんろ宿の忙しさにかまけてなかなか小屋を訪れることは出来なかったが、

——二人が演じるところだけでも……。

自身も一弦琴を弾く身ならば、音曲演技に関心が無い筈《はず》がない。

入場を待っている大勢の客がいるのに、ご免札で入るのは申し訳ない気もしたが、佐和は小屋の中に入った。

いきなり太棹の三味線の音が耳を打つ。丁度母娘が演じているところだった。

客席は満席だ。佐和は右手通路の柵《さく》の側《そば》に立った。

すぐ側に二十代半ばの薄汚い浪人が、柵にもたれるようにして立っていたが、佐和はすぐに視線を舞台に向けた。

◇◇◇

「殿中だ」

駒吉が声を荒らげる。

浄瑠璃《じょうるり》では塩谷判官の名で登場する浅野《あさの》内匠頭《たくみのかみ》が堪忍袋《かんにんぶくろ》の緒を切らす寸前の場面だ。

「こりゃこなた狂気召さったか、イヤ気が違《ちご》うたか師直《もろなお》」

判官は怒りの声で質《ただ》すが、言われた師直が怯《ひる》む筈も無い。

師直とは吉《き》良《ら》上野介《こうずけのすけ》のことで、浅野内匠頭なる判官が怒声を投げつける場面だが、演じる駒吉の声は震え、顔は歪《ゆが》む。

それに呼応するように三味線の音が、場内の怒りを誘う。

ここに至るまで師直から散々虚仮《こけ》にされた判官だ。我慢に我慢を重ねたすえ、

「武士をとらえて気違いとは……」

抜き討ちに、真向に斬《き》り付くる眉間《みけん》の大傷、

「これは……」と沈む身のかわし、烏帽子《えぼし》の頭《かしら》二つに切れ、

また斬りかかるを、抜けつ潜《くぐ》りつ逃げ回る折もあれ

判官は走り出て来た本蔵なる人物に押しとどめられ、

「おのれ師直真二つ、放せ本蔵放しやれ」

揉《も》み合う場面を駒吉が語ったその時——

◇◇◇

場内から大工の法被《はっぴ》を着た男が立ち上がって、舞台の駒吉指差して声を荒らげた。

「何故《なぜ》止める。判官に斬らせてやれ！」

すると、別の町人の男が立ち上がり、

「うるせえ！　静かにしろ！」

遊び人風の若い男が、大工の男を怒鳴った。

「なんだと……」

大工の男は、客の間をかき分けながら歩みよると、遊び人風の男の胸ぐらを摑《つか》んだ。

「キャー……」

見物客二人の喧嘩《けんか》が始まって悲鳴が上がる。

小屋の若い衆が三人、喧嘩を止めようと走り込んで来て、騒ぎは一層大きくなった。

佐和は、急いで小屋の外に出た。

小屋の外に居た人たちも、中で何事が起こったのだと動揺している。

木戸番が慌《あわ》てて騒ぎをおさめるよう大声を上げている。

「ふう……」

佐和は大きく息をつくと、表で騒ぎ立てる人々に視線を投げるが、

「！……」

あの浪人が険しい顔で出て来るのを見た。

「あら、おかみさん、小屋に来てくださったんですか。せっかくじっくり観《み》ていただきたかったのに、あんな騒動になってしまって……」

母親の吉之助は、もぐもぐ美味《おい》しそうに食べながら笑った。

宿に帰って来て、風呂《ふろ》にも入って、さっぱりとした顔で、夕餉《ゆうげ》の膳《ぜん》の前に座って娘と箸《はし》を進めているのだ。

「たいへんな騒動でございましたね。でも、吉之助さんの三味線の音は、心を揺さぶるとても良い音色でしたし、駒吉さんの声も良く通って言葉が聞き取り

やすくて良かったですよ。もっと拝見したかったのですが、あの有様では……」

長火鉢の五徳に掛けてある鉄鍋《てつなべ》で温めている酒とっくりの様子をみながら、佐和は言った。

「おおきに、ありがとうございます。須磨琴《すまごと》を弾かれるおかみさんに褒められるなんて面はゆい……まだまだ公演は続きますよって、是非是非通しで観ていただければ」

娘の駒吉も、湯上がりの顔を佐和に向ける。舞台の濃い化粧を落とした駒吉の顔は、二十歳過ぎの娘の顔だ。

「私も是非、一度……」

おとらが給仕をしながら言えば、むこうの座敷から市兵衛《いちべえ》もやって来て、

「私も一度は行ってみたいものだ。やはり浄瑠璃語りは上方だ。人形浄瑠璃は一度観たことがあるんだが……」

興味津々《しんしん》の顔で座った。

「どちらで……」

吉之助が訊《き》く。

「大坂だ。随分前のことだがね」

「何をご覧に？」

「あの時は、義経千本桜だったな」

吉之助は嬉《うれ》しそうな笑顔で返してくる。

「さあ、おとらさん、吉之助さんに一杯勧めてくれ」

市兵衛がおとらに言った。

吉之助はおとらに酌をしてもらって、美味《うま》そうに酒を飲み干すと、

「こちらの宿にして、本当に良かった思てます。なんせ他の方達と一緒の宿を勧められたんですけど、気ぃを使いますでしょ」

吉之助は手酌で注ぎ、またぐいっと飲み干して、

「他の皆さんは、このお江戸の方やし、うちら二人は大坂の者や。なにかにつけて浮いてしまいますがな。嫉妬《しっと》もあるし。そやから、夜ぐらい母娘でゆっくりしたい思てこちらにしたんですわ」

またまた手酌で、並々と盃《さかずき》に酒を注ぐが、ちょっと考えて、膳の上に俯《うつぶ》せにしてある湯飲み茶碗《ぢゃわん》を取った。今度はそれに酒を並々と注いでぐいぐい飲みな

がら、

「それにこのお宿は安い安い。旦《だん》さんも男前やし、ごりょんさんも京の人や言うし、なんや身内の人たちに会《お》うたような、そんな気持ちで過ごさせて貰《もろ》てます」

佐和は案じ顔で、市兵衛と顔を合わせた。

なにしろ吉之助の酒を空ける速度が速すぎる。

だが、佐和のそんな案じ顔など気にもしないで、

「おとら婆《ばあ》さんのお料理も、質素やけど美味しいし……」

おとらを見る。

苦笑して返したおとらの顔から、今度は市兵衛の顔に視線を移すと、

「旦那《だんな》さん、旦那さんも、是非是非私どもの仮名手本忠臣蔵をご覧くださいませ」

吉之助は、満悦の顔で言った。

その時だった。玄関の開く音がした。

「ごめん」

しゃがれた男の声だ。

市兵衛がすぐに立って行く。

玄関で男二人が交わす声が聞こえたが、まもなく市兵衛は浪人を連れて居間に入って来た。

「おとらさん、新しい泊まり客だ。夕餉の膳を用意してくれ」

佐和は、あっと驚いた。

市兵衛が連れて入って来た浪人は、今日両国の芝居小屋で目に留まった、あの浪人だったからだ。

だが浪人の方は、佐和に気付いていなかった様子で、膝《ひざ》を落とすと名を名乗った。

「名を松井《まつい》伝八郎《でんぱちろう》と申す。他の宿に掛け合ったが、どこも高い。それで安宿はどこだと聞いたところ、この宿を紹介してくれたのだ。よろしく頼む」

頭を下げたその様子を見るに、外見から受ける印象とは違って、訳ありではあるようだが悪い人間には見えなかった。

吉之助も駒吉も、突然現れた浪人の客を、見て見ぬ振りをしながら食事を続けている。

「わが宿は、部屋の数の加減で二組の宿泊客が限度。こちらは今両国の小屋で浄瑠璃語りを演じている、吉之助さんと駒吉さん親子だ」

　市兵衛が伝八郎に紹介すると、

「これは……」

　伝八郎は驚いた顔をして頭を下げた。

「三味線弾きの吉之助だす。こちらは娘の駒吉と申します」

　吉之助は箸を置いて伝八郎に告げ、一度芝居小屋に足を運ぶよう誘った。

「それで、ご予定は……」

　佐和は、どれほどの逗留《とうりゅう》になるのか伝八郎に尋ねる。

　すると、伝八郎は少し考えてから、

「そう長く厄介にはならぬ。この江戸に恩人がいる。昔世話になった人だ。その人に、死ぬ前に一度会って礼を述べたいと思い立ち、江戸に参ったのだ」

　——死ぬ前……。

　その言葉に絶句したのは、佐和だけではなかった。

市兵衛も驚きの目で伝八郎に向く。また吉之助と駒吉も、箸を止めて、ぎょっとした顔で伝八郎の顔を見た。

「いやいや……」

伝八郎は苦笑して、

「つまらぬ話だ。ざれごとだ」

などと誤魔化して頭を掻《か》いた。

「おまちどおさま」

そこにおとらが膳を運んで来た。

「これはすまぬ。いただきます」

伝八郎は皆の案じ顔を吹き飛ばすように、夕餉の膳に食らいついた。

二

片肌を脱いだ市兵衛が薪《まき》を割っている。

五十路《いそじ》に入った市兵衛だが、筋骨は逞《たくま》しい。斧《おの》を下ろす度に、切れ味の良い音が、辺り一帯に響いている。

薪は切り株の上に立て、それを斧で真っ二つに割るのだが、剣の腕に覚えのある市兵衛の一撃は、寸分の外れも無い。

割れた薪は、白い肌をみせて切り株から飛び落ちるのだ。

するとその割れた薪を、襷《たすき》掛けのおとらがせっせと運んで行って、軒下に積み上げている。

「旦那さま」

おとらが戻って来て、市兵衛に声を掛けた。

「もう良いのか？」

市兵衛は手を止めた。

「はい、随分割っていただきました。もう結構です。それより旦那さま、あのご浪人をどうご覧になりましたか？」

おとらは、前垂れの埃《ほこり》をパタパタと払いながら、胡散臭《うさんくさ》いものを見るような目で尋ねる。

「おとら、この宿は見ない、聞かないだ。お客が話してくれれば応じるが、こちらから詮索《せんさく》は無用だ」

市兵衛は、腰に着けていた手ぬぐいを引き抜くと、首や額にかいた汗を拭《ふ》きながら言った。

「そうおっしゃると思っていました。でもね、あのご浪人、つい先ほど出かけて行ったんですが、あたしは心配しているんですよ。興味本位で詮索している訳ではございません。だってあのご浪人は、昨夜、死ぬ前に人に会いに行くなんて言ったそうじゃありませんか」

応じてくれない市兵衛に、おとらは不満だ。

「佐和に聞いたのか？」

市兵衛が尋ねると、

「いいえ、今朝、駒吉さんがね、朝食を食べながらあたしに言ったんですよ。心配ですねって……」

浄瑠璃語りの親子は、朝が早い。

浪人より一足早く起きて食事を済ませて出かけて行く。

両国の小屋は明《あけ》六ツには開くのだ。小屋が閉まるのは暮《くれ》七ツ半。大勢のお客に楽しんでもらおうと思えば、朝早くから小屋を開けなければならないのだ。

　これは歌舞伎《かぶき》も同じで、早朝から幕が開き、夕刻には閉める。いくら百目蠟《ひゃくめろう》燭《そく》を点《とも》しても、夜の観劇は無理なのだ。

　昼間でも両脇《りょうわき》の高窓から光をとってはいるが、それだけでは足らず、舞台に百目蠟燭を焚《た》いている。

「あたしは、ご浪人のそんな話、初めて聞きました。でもね、昨夜も今朝も、食事の様子を見ていましたが、格別どこか具合が悪いなんて様子じゃあ、ありませんからね。何故そんな言葉を口走ったのかと……」

「おとらさん」

　市兵衛は苦笑しながら首を横に振った。そして、

「美味しいお茶が飲みたい。部屋に運んでくれないか」

　おとらに言いつけて、市兵衛は自室に上がった。

　肩に袖《そで》を通し、着物の襟を整えていると、佐和がお茶を運んで来た。

「おとらさんが気に掛けるのも分かります。実は昨日浄瑠璃の小屋に行った時に、お客さんが興奮して喧嘩沙汰《ざた》が起きたという話をいたしましたが……」

　佐和はお茶を置くと、市兵衛の後ろに回って、襟など整えてやりながら、

「あのご浪人も、小屋の中にいたんです。私が居たすぐ前で、怖い顔をして舞台をじっと見ていました」

「何……小屋で会っていたのか？」

市兵衛は座って、茶碗を取る。

「私は気付いていましたが、あちらは私のことなど気付いておりませんでした。それほど熱心というか、強《こわ》ばった表情で耳を立てておりました。何か心にひっかかるものがあるのかと思った程です。何も無ければよろしいのですが……」

佐和は思案顔で言い、枯れ葉が舞い落ちる庭に目をやる。

「ふうむ……」

市兵衛は茶を飲み、煙草盆《たばこぼん》を引き寄せると、煙管《きせる》に煙草を詰めて吸い始めた。

白い煙が上がるのを見て、佐和は立って台所の方に向かった。

静かな庭に視線を投げたまま、市兵衛は思った。

――松井伝八郎は浪人だ。歳《とし》にして二十四、五、まだ先のある男だ。

その男が、死ぬ前に、と口走った言葉は、居合わせた者を驚かせたのも無理は無い。

——仮にあの男も、俺のように家が断絶して浪人になった者なら、心に深い傷を負っているに違いない……。

市兵衛自身、お家断絶となった事に、いまもって納得している訳ではない。意趣を述べたくても述べられず、ただお上が下された裁断に従うしかなかったのだ。

——父が何をしたというのだ……。

いまだ明確には分かっていない断絶の経緯を考える時、市兵衛の胸に激しい憤《いきどお》りが表れる。

佐和の手前、抑えては居るが、いつか、そう、死ぬまでには納得するものを得たいものだと密《ひそ》かに考えている。

俄《にわか》に松井伝八郎の身の上が気になったが、このへんろ宿は泊まり客の身分や、かかえている事情を詮索する宿では無い。

むろん、相談を受ければ手助けもするが、伝八郎は心の内をみせるとは思えない。

——静かに見守ってやるしかないのだ。

市兵衛は吸いきった煙草の灰を、灰落としに打ち落とした。

翌日、伝八郎は下谷《したや》の池之端仲町《いけのはたなかちょう》にいた。

ここには多くの店が並んでいるが、特に小料理屋など飲食を提供する小体な店が多い。

伝八郎は、そのひとつ『花かご』の暖簾《のれん》が見える場所で、先ほどから店の様子を窺《うかが》っている。

出入りの者たちの顔ぶれを確かめているのだった。

たいして大きな店では無いが、酒も肴《さかな》も美味く、座敷も小綺麗《こぎれい》で、侍達が連れ立ってよくやって来る。

伝八郎もこの江戸で暮らしていた時には、良く友達と店の座敷に上がったものだ。

父が定府《じょうふ》の勤めだったことから、伝八郎は生まれも育ちも、この江戸だ。

母は伝八郎が生まれてまもなく亡《な》くなっていて、それもあってか、伝八郎ばかりか父も良くこの店に来ていたのだ。父も自分も花かごの常連だったのだ。

それはひとえに、花かごの女将《おかみ》おぬいが、母のように優しい人だったからだ。ある時流行病《はやりやまい》で父と枕《まくら》を並べて寝込んでいた時には、わざわざ病人食を毎日運んで来てくれて、看病もしてもらった。

母親のいない伝八郎にとって、おぬいの存在は、まさに母に代わる人だったのだ。

ところが三年半前に父が亡くなった。家督を継いだ伝八郎は、定府を解かれて国元の勤務となった。

いよいよ江戸を発《た》つ前日、おぬいは送別の宴を開いてくれた。

同じ定府で親友だった関友之《せきともの》助《すけ》と店に上がり、女将の手料理を馳《ち》走《そう》になったのだが、その時おぬいは薬籠《やくろう》をくれたのだ。

薬籠は、塗りを重ねた漆黒の色。艶《つや》やかに光っている上物だった。

そしてその薬籠の肌には、松井家の『松ぼっくり』の紋が入っていた。薬籠を腰に着ける紐《ひも》は真田《さなだ》紐《ひも》、その紐についている根付けは、女将が知り合いの彫り師に頼んで作ってもらった木彫りの布《ほ》袋《てい》の顔だった。

「これを私に……」

あの時、薬籠を手にした時の感動は忘れられない。

その時おぬいは、こう言ったのだ。

「伝八郎さま、笑う門には福来たるですよ。伝八郎さまがお国に帰って、妻を娶《めと》られ、子をつくり、お幸せに暮らせますように、祈っております」

言葉を添えてくれたおぬいの目は、ただただ優しかった。

――こうしてここに立っているだけで、あの時の心づくしが思い出される。

伝八郎は、腰に着けている薬籠をぎゅっと握ると、ゆっくりと、油断のない顔で店に近づいて行った。

「ごめん……」

声を掛けて店の中に伝八郎は入った。

店はまだ昼を過ぎたばかりだ。お店者《たなもの》の町人二人が、上がり間で軽い食事をしていたが、他の客は見当たらなかった。

「女将さんを呼んでくれないか。私は松井伝八郎という者だ」

出て来た小女に告げると、すぐに女将のおぬいが走り出て来て、

「伝八郎さま！」

驚いた顔で迎えると、

「こちらへ」

手を取るようにして、一番奥の座敷に案内した。そして、

「良いですか、どなたがおみえになっても、こちらの座敷のことは他言無用、いいですね」

お茶を運んで来た小女に念を押して部屋の戸を閉めると、

「心配していましたよ、伝八郎様、ずいぶんとやつれて……酷《ひど》い目に遭ったと関さまから伺いました。いったいお国で何があったのでしょうか」

不安の顔で尋ねる。

「女将、詳しいことは申せぬが、私はいまは追われる身。回向院《えこういん》近くの、へんろ宿に宿泊している。この身がいつまでこの世にいられるかわからぬゆえ、女将に世話になった礼を申したいと思って江戸に参ったのだ」

伝八郎は思い詰めていた言葉を伝えた。

「伝八郎さま……」

おぬいは、目頭を押さえた。

「女将……」

伝八郎は女将が涙を流すのを見ると、堪《こら》えている涙が溢《あふ》れそうになる。

「私に礼だなんて……伝八郎様、そんな馬鹿《ばか》なことをおっしゃってはなりません！」

おぬいは伝八郎の手を取ると、

「良いですか……どんなことをしても、生きて、生きて、生き延びていただきたい」

きっとおぬいは伝八郎を見た。

「女将……」

——女将は自分がどのような事情で江戸にやって来たのか知っているのか……。

伝八郎は女将の顔を見返す。

「高岡藩の皆さんや関さまから、少し話は聞いております。でも私は、そんな話を信じてはおりません。あなたさまが、伝八郎様が、間違ったことをなさる筈が無い。私は強く強く信じています」

「心配を掛ける」

伝八郎は思わず、女将の手を握り返す。

――この世で自分を信じてくれる者は、案じてくれる者は、この女将をおいて他にはいない。

改めてそう思うと、女将の言葉はなによりの餞《はなむけ》。

「ここにも時々、伝八郎さまがやって来ているのではないかなどと訪ねて来る方がおります。矢部《やべ》とかおっしゃる若い方です」

「矢部がここに……」

伝八郎は驚愕《きょうがく》した。

矢部とは、伝八郎の命を狙《ねら》っている男なのだ。

いよいよ自分の身に危機が間近に迫って来ている。伝八郎はそう思わずにはいられなかった。

「良いですか、もう二度と、ここにいらしては駄目ですよ。関さまがおっしゃっていました。状況がかわることだってあるのだからと……あの方だけはあなたの味方です。私は関さまの言葉を信じます。だから良いですね。江戸を離れて、遠くに遠くに……私は伝八郎様のこと、お祈りしております。晴れてまたお会いできる日を待っています」

おぬいはそう告げると、水屋《みずや》箪笥《だんす》から十両の金を取りだし懐紙に包み、伝八郎に手渡した。

「何かの足しになるでしょう」

「いや、もういいのだ。それに、こんなことまでしていただいては……」

伝八郎は押し返すが、おぬいは強く伝八郎の手に握らせて、

「しばらく遠くに逃げてください。困ったことが生じましたら文を下さい。偽名をつかってね……そしてきっとまた、お会いしましょう。お父上様も守ってくださっている筈でございますよ」

おぬいは強い口調でそう告げると、伝八郎の袖を引っ張って、勝手口から押し出した。

「すまぬ……」

伝八郎は涙を飲み込み、渡された懐紙の包みをぎゅっと握りしめると、辺りに警戒の視線を走らせてから、足早に店を後にした。

三

「なんだって、帰ってこない？」

外から帰って来た市兵衛は、佐和から伝八郎が宿に帰って来ていないのだと聞いて首を傾《かし》げた。

伝八郎が出かけたのは、辰《たつ》の刻だ。

大切な人に会いに行ったんだろうと思われるが、日はもう西に傾いている。

台所ではおとらが、浄瑠璃語りの母娘と伝八郎の膳の用意で大忙しだが、

「部屋には荷物も置いたままですから、帰って来るとは思うのですが、何かあったんじゃないかと心配です」

佐和は案じ顔だ。

「もう少し待つしかないだろう。それに、二本差しの侍だ。案じることはない」

市兵衛はそう言って自室に入ったが、宿に帰って来る道すがら、不審な侍を見ていたのだ。

その侍は道脇に立つ桜の大木に寄りかかって、道行く人を鋭い目で追っていた。まだ二十歳そこそこの侍だった。

通りかかった市兵衛と視線が合うと、さっと顔を背けたのだが、険しい表情をしていた。心に余裕のない、ぴりぴりした感じがした。

市兵衛の見知らぬ男だ、関係の無い侍だと、その時市兵衛は思ったが、その侍は自分の横を通り過ぎた市兵衛の背中を、ずっと追っていた。

矢を射るようなその視線は、市兵衛がへんろ宿の玄関に入るまで感じたが、市兵衛に男の心当たりがある筈も無く、自分の背中を追っていると感じたのも気のせいだろうと言い聞かせた。

「死ぬ前にお礼を伝えたい方がいるとかおっしゃっていましたからね、心配しているんですが……」

佐和の呟《つぶや》きを、

「何、案じるには及ぶまい。その恩人という人のところに泊まることにしたのかもしれぬ」

市兵衛は制した。

佐和は頷《うなず》くと、台所の方に向かった。

まもなく浄瑠璃語りの親子が帰って来る。おとらばかりに台所の負担を掛ける訳にはいかない。

おとらも歳だ。案の定、おとらは一人で奮闘していた。

「おかみさん、今日は掘り起こしたばかりの里芋が手に入りましたので、イカと一緒に甘辛く炊《た》いてみました」

おとらが鍋の中からイカの一切れを取りだして小皿に入れ、佐和に味見をしてほしいと手渡した。

「うん、いいお味……」

佐和は小皿をおとらに返した。

江戸は濃口醤油《しょうゆ》で炊くから、里芋もイカも、醤油の色がしっかりとついている。味も濃い。

京の煮物は、素材の色を保つように出汁《だし》をしっかりと取り、薄口醤油で炊く。江戸に出て来て上方との味の違いを知ったのだが、馴《な》れてみると江戸の味も気に入っている。

「おとらさん、お仲《なか》さんからいただいた干し柿《がき》、あったでしょう。干し柿を使った膾《なます》を作ろうと思っていたんだけど……」

佐和が前垂れをしながら言った。

「あらそれは、明日にと思っています。今日は大根と人参《にんじん》の膾です。もう出来ています。干し柿はたくさんいただいておりますから、食後にお出ししましょうか。柔らかくて美味しい干し柿ですから、皆さんも喜ぶと思いますよ」

「そうね、じゃあ、そうしましょう」

佐和は襷掛けをして、御飯のお櫃《ひつ》を引き寄せる。

この御飯も、上方では昼に炊くが、江戸では朝炊く。昼に炊けば、朝と夜は、粥《かゆ》やおじややお茶漬けになることが多い。それは朝炊く江戸でも同じで、昼と夜は冷や飯か茶漬け、おじやである。

「あつ、あつあつ……」

鍋の柄を持ち上げようとして、おとらが慌てて手を放したその時、

「ただいま、帰りました」

浄瑠璃語りの母娘が帰って来た。

「お風呂、どうぞ。お化粧を落としてさっぱりして、御飯を召し上がって下さいませ」

おとらが笑みを見せて母娘を迎える。

「おおきに、そんならお先に……」

おとらに礼を述べて二階の部屋に上がろうとした吉之助が、はたと足を止めて佐和に顔を向けると、

「おかみさん、今日伝八郎の旦那を見ましたよ」

笑って告げた。同宿の浪人に親しみを持った顔だ。

「あら、お二人が演じるのを観に行ったんですね」

ほっとして佐和は言ったが、

「いいえ、うちが見たのは木戸番の茅蔵《かやぞう》さんと話しているところです。二人は何かぼそぼそ話していたので、後で茅蔵さんに訊いてみたんです。伝八郎の旦那とどういう知り合いなんだって……あの旦那は、今うちらが宿泊している宿に泊まっているんだって話してね。そしたら、昔伝八郎さんがまだ若くて部屋住みだった頃、たびたび芝居小屋に足を運んで楽しんでいたって教えてくれは

ったんですよ」

「まあ……」

吉之助の話は意外だったが。一昨日、小屋の中で見た伝八郎は、芝居を楽しむというより深刻で険しく、近寄りがたい雰囲気だったと佐和は思う。

「そんなに芝居好きの人やったなんて……それなら今夜食事のあとで、うちの浄瑠璃語りの感想を聞いてみたいものだって、おかあはんと話していたんです」

娘の駒吉が言って笑った。

「すると、あの御仁は、父親が定府勤めだったということだな」

市兵衛が部屋に入って来て、

「伝八郎さんを小屋の木戸で見かけたのは何時《いつ》のことだね」

駒吉に訊くと、

「あれはうちらの舞台が終わった後だから、八ツ半頃だったと思います」

怪訝《けげん》な顔で言った。

両国の芝居小屋から、このへんろ宿までは、目と鼻の先だ。

佐和と市兵衛は、不安な顔で見合わせた。

伝八郎はその翌日も宿には帰ってこなかった。

吉之助と駒吉も、この日は小屋で伝八郎の姿を見ることはなかったようだ。

伝八郎の夕食の膳も用意してあるのだが、その膳の前は空席だ。

吉之助と駒吉は部屋に入って来ると、ちらと空席の膳に視線を投げてから座った。

「吉之助さん、お酒、いかがですか？」

おとらが吉之助の盃に酒を注ぐと、

「おおきに、頂きます」

吉之助は押し頂いて一息に飲み干したが、その顔は沈んでいる。

数日前までは踊り出しそうな陽気な酒だったのに、やはり伝八郎を案じているようだ。

「駒吉さんは？」

続けておとらは、駒吉の膳の上に載せてある盃を勧めたが、

「不調法やとは思いますが、うちはいただかれしまへん。喉《のど》を痛めるとあきまへんから」

駒吉は微笑《ほほえ》んで言った。

「感心なこと……ご立派です」

おとらはまじまじと駒吉の顔を見た。

「いうても、この喉と三味線あってこそ、うちら母娘は暮らしていけるんですから。おかあはんも浄瑠璃語りをやってた昔は、お酒はいただかへんかったんですよ。うちが浄瑠璃を、おかあはんが三味線に回ってから、毎晩頂かしてもらうようになったんです」

駒吉は言って、愛《いと》おしそうに母を見る。

「まあ……おっかさんも昔は浄瑠璃を？」

そこに佐和が炭入れの籠《かご》を持って入って尋ねた。

長火鉢の鉄瓶を下に下ろして、炭を継ぎながら、

「では駒吉さんのお師匠さんは、おっかさんなんですね」

佐和は顔を上げて駒吉に訊いた。

「へえ、物心ついた頃から、おかあはんから厳しい指南を受けまして……」

微笑んで佐和は頷く。

「でも無理に強いられて指南を受けた訳ではありまへん。うちは父親の顔を知りしまへん。おかあはんの話によれば、さるひいき筋の商人と深い仲になって私を産んだそうなんです」

「京の人？」

佐和は鉄瓶を五徳に掛けて尋ねて見る。

「いいえ、大坂の……でもその商人には妻子がおって、おかあはんは腹の子を堕《お》ろすようにせまられたそうです。でも、せっかく授かった子を堕ろせなかった。おかあはんは意地を通してうちを産んでくれはったんです。おかあはんは浄瑠璃語りをしながらうちを育ててくれました。うちはその恩に報いたい思てます。せやからこれからは、うちがしっかりして、もっともっと女義太夫として名を上げて、おかあはんを幸せにしてあげたい。いうてもうち、浄瑠璃が好きなんです。浄瑠璃は人の情の大切さを教えてくれます。この世の善と悪は、どういうものか教えてくれます。どのように生きることが人として大切か教えてくれます。浄瑠璃は私の寺子屋です。しっかりと精進したいと思てます」
駒吉はいつになく饒舌《じょうぜつ》に身の上を語った。

　これまでは母に従い、いつもにこにこして母に寄り添っていた娘が、今日はひときわ大きく見えた。

「吉之助さんは幸せものです。羨《うらや》ましい」

　おとらは呟いて苦笑した。

　息子と長い間離れて暮らしているおとらには、親子で力を合わせて生きる二人の姿は、ただただ眩《まぶ》しい。

　だが、黙って聞いていた吉之助が言った。

「おかみさん、おとらさん、駒吉が申しましたように、母娘で苦労して、ようやく人にうらやましがられるような身分になりましたけど、ここまで来るには、人にいえない苦労をしてきてます。自分たちの苦労だけやありまへん。仲間の苦労も見て来ています。この世界、いろんな人がいますからね。だから伝八郎の旦那が、どんな人生を背負っているのかと、何か深い事情があるに違いないと案じているのです。あの旦那の腰の物は、おそらく竹光……」

「竹光……」

驚いて佐和が聞き返すと、

「見たんです、旦那が部屋に入る折に、うっかり鞘《さや》から刀が抜け落ちて、慌てて拾うのを見ましたが、あれは竹光だと思いましたよ」

仰天するような話を吉之助は小声で言った。

その時だった。玄関に人の声がした。

佐和が立って玄関に向かうと、見知らぬ若い侍が立っていた。

「こちらに松井伝八郎が泊まっているだろう」

若い侍は、不躾《ぶしつけ》に言った。

「そなたはどなたかな。いきなりその物言いはないだろう」

市兵衛が出て来て言った。

市兵衛は、若い侍の顔を見て、ぎょっとした。昨日市兵衛の背中を、射るような目で追い続けてきた、あの男だったのだ。

ふん、と若い男は鼻で笑ってから、

「俺は矢部十郎《じゅうろう》と申す。松井伝八郎は父の敵《かたき》だ。敵を追って三年、ようやく見つけた。この宿に泊まっているらしいとな。藩邸の許可は貰《もら》っている。堂々立ち合い、首を取る。ここに呼んでくれ」

「ことわる」

市兵衛は、きっぱりと言った。

「何！」

思いがけない返事をした宿の亭主に、矢部十郎は憤怒《ふんぬ》の目で睨《にら》んだ。市兵衛は睨み返して、

「その物言いのひとつひとつ、気に入らぬな。町人と思って侮《あなど》ったか……。その態度、人としていかがなものかな。父の敵と言うが、こちらは知らぬことだし関係のない話だ。また、お前さんの話が真実かどうか危ぶまれる。松井伝八郎なる御仁がこの宿に居たとしても、おぬしの手助けはせぬ！」

「な、なんと……」

歯ぎしりする矢部十郎に、

「それに、松井伝八郎という御仁は、この宿にはおらぬ。行方知れずになっておる。あいにくだな」

苦笑して返したものだから、

「このっ」

怒りの鉄拳《てっけん》が市兵衛に飛んで来た。だが、

「よしなさい！」

市兵衛はその腕を、はっしと摑むと、ぐいぐいと締め上げていく。

「ううっ、止《や》めろ、よせ！」

「もう一度言うが、松井なる御仁はここにはおらぬ。帰りなさい！」

矢部十郎の腕を突き放した。

「あっ」

思わず土間に倒れそうになるが、かろうじて身体《からだ》を起こした矢部十郎は、腕をさすりながら市兵衛をきっと睨み返すと、舌打ちして帰って行った。

四

翌日市兵衛は、朝食を終えると両国の芝居小屋に向かった。

「さあさ皆様、お早くいらっしゃいました。今日のこの日の浄瑠璃語りを楽しみにしていたんでございましょ。分かりますよ、そりゃあなんといっても、この度の浄瑠璃語りは上方でも有名な竹本駒吉太夫、三味線は鶴屋吉之助を呼び寄せての公演です。張りのある声と腹に響く太棹三味線の音は、演目の仮名手本忠臣蔵を、ずずいっとみなさまの心に訴えまする。どうして判官が師直に刀を振るい切腹に至ったのか……無念無念と悔し涙にくれた大星由良助《おおぼしゆらのすけ》以下家臣達は仇《かたき》を討つのか……涙無くしては語れない話です。まだ空きがございますよ。さあ、入った、入った、入った！」

木戸番の男が木の台に座って、扇を叩《たた》きつけながら客寄せの口上を述べている。

その男こそ、伝八郎と縁のある木戸番茅蔵だと市兵衛は見て、

「茅蔵さんだね」

お客が途切れるのを見計らって近づいて声を掛けた。

「そうだが、旦那は？」

茅蔵の顔に警戒の色が浮かんだ。

「私はへんろ宿の者で市兵衛という」

「ああ、へんろ宿の……」

茅蔵はほっとした顔になった。

「私の宿に、女義太夫の駒吉と三味線の吉之助親娘が泊まっているのだが」

「へい、聞いていやす」

「実は松井伝八郎という御仁も泊まっていたのだが、もう何日も戻ってこないのだ。心配していたところ、吉之助さんが茅蔵さんとは昔なじみらしいと教えてくれたものだから。茅蔵さん、伝八郎さんの居所を知っているのなら教えてくれないか」

市兵衛は、じっと茅蔵の顔を見詰めた。

茅蔵は少しの間迷っていたようだが、

「すまねえ、あっしは確かに伝八郎さんとは親しい仲だが、居場所は教えられねえ。宿に帰れなくなったのは、伝八郎さんを狙っている男の姿を宿の近くで見たからだと言っていた。へんろ宿に帰れば宿に迷惑をかけるかもしれねえって、そういうことなんだ。伝八郎さんは今はあっしの知り合いのところに居る」

「そうか、無事だったか」

ほっとした顔を市兵衛が見せると、

「旦那、伝八郎さんは敵持《かたきも》ちなんだぜ。覚悟はしているようなんだが、あっしは、あの人を死なせたくねえ。悪い人じゃねえぜ、あの人は、芝居好きの優しい男だぜ……旦那、芝居好きの人間に悪人はいねえよ」

懸命に持論を述べて伝八郎を庇《かば》う茅蔵に、市兵衛は笑みを見せて頷くと、

「旦那、旦那も分かってくれたんですね。ありがてえ。あっしはね、何故あんな人の良い人間が敵持ちになったのか合点がいかねえんだ。詳しいことは知らねえが、きっと何か、理不尽な目に遭ってのことに違いねえんだ」

「茅蔵さん、伝八郎さんは、いったい何処《どこ》の国の人なんだね」

市兵衛はここで、伝八郎の国を訊いてみた。

「高岡藩の人ですよ」

「高岡藩……高岡藩といえば一万石」

「へい。と言っても、伝八郎さんのお父上は定府でしたから、生まれはこの江戸。上《かみ》屋敷は下谷の御《お》成道《なりみち》でしたが、伝八郎さんが住んでいたのは、下谷の町

家を借り上げた家でした。上屋敷の中ではなかったですから、結構自由に芝居見物も出来たようでして、親友の関友之助さんと、よくここに遊びに来ていたんでさ。ところが、お父上が亡くなって家督を継いでまもなくのことでした。伝八郎さんは国元勤務となったんです。それが三年半前……」

「なるほど……すると国元で何か敵にされるようなことがあったという訳か」

「そのようです。ですがあっしは詳しい話は聞いていません。聞かなくたって分かってまさ。悪いのは相手に決まってら。伝八郎さんも言っていましたよ、一方的に敵と言われては納得がいかない。事の発端は向こうが起こしたのだと……」

「そうか……いや、ありがとう。まずは無事だと知ってほっとした」

市兵衛は、昨夜矢部十郎なる侍が伝八郎を出せと宿にやって来たことを告げ、

「そういう事でな、宿に戻るのは危険だ。しばらくは今居候《いそうろう》させてもらっている家で時を待つのがよかろう。伝八郎さんにはそう伝えてくれ」

茅蔵に伝八郎のことを頼むと、市兵衛はその場所を離れた。だがそれで、へんろ宿に引き返したのでは無い。

市兵衛は茅蔵が、芝居小屋が引けたら必ず伝八郎のところに行くに違いないと踏んだのだ。

伝八郎が何処に身を隠しているのか、それだけは摑んでおかなくてはなるまい。

市兵衛は、芝居小屋が見える水茶屋に入った。

「あっ、親父《おやじ》さん」

なんとその茶屋で、北町奉行所の同心坂本数馬《さかもとかずま》と岡っ引の欽次郎《きんじろう》が、茶屋の女をからかいながらお茶を飲んでいたのだ。

「珍しいじゃないですか、親父さんがこういう店に立ち寄るなんて……」

数馬は笑った。すると、

「まさか、おかみさんの佐和さまと喧嘩をなさったってことじゃあ」

欽次郎がにやりと笑う。

「馬鹿、喧嘩なんてしないよ、親父さんは……」

こつんと欽次郎の頭を数馬は小突くと、

「その顔は、何かあったんですね親父さん」

市兵衛の側に移動してきて腰を下ろした。

その頃、へんろ宿には花かごの女将、おぬいが訪ねて来ていた。

おとらが出してくれたお茶を前にして、おぬいは手をついて、

「不躾にうかがいましたこと、申し訳ございません。誰にでも相談できることではありませんが、伝八郎さんが会いに来て下さったおり、こちらの宿に逗留しているとおっしゃっていましたので、お力添えを頂けないものかと参りました」

おぬいは、神妙な顔で言った。

先ほど小料理屋を営んでいると聞いたが、一見したところ、落ち着いた雰囲気を纏《まと》った上品な女将だと佐和は思った。

化粧も薄く、着ている着物も薄紫地の小紋。帯は焦《こ》げ茶で、佐和の好む彩《いろど》りだった。

——着物の好みを見れば、その人の性格が分かる。

着物については染色、織り、すべてにおいて市場を席巻《せっけん》している京都で暮ら

した佐和はそう思っている。

「どうぞ、お手をお上げ下さい。おぬいさんとおっしゃいましたね。伝八郎さんが行き方知れずになっていることを案じて、いらしたのですね」

佐和が尋ねると、おぬいはぎょっとした顔を上げて、

「行き方知れず……伝八郎さんはこちらにはいらっしゃらないのですか？」

佐和を見た。

「ご存じなかったのですか？」

佐和は驚いて聞き返す。

――そういえば……。

佐和はふと思いだして、

「おぬいさん、伝八郎さんは、このお江戸で世話になった恩人の方に会うのだとおっしゃって出かけられたのです。ところが、その日からここには帰って来ていません。伝八郎さんが会いに行ったという恩人は、おぬいさん、あなたの事だったのですね」

おぬいの顔を見た。

「確かに私のところに来て下さいました。でも、恩人だなんて……他の方のことかもしれません。それにしても、その日から行方知れずになっていたとは……」

呆然《ぼうぜん》とするおぬいである。

「伝八郎さんは荷物を二階の部屋に置いたままです。ここに帰って来る筈だったと思われます。それなのに帰ってこなかった……ですから私どもも案じていたのです。その後、伝八郎さんを敵だとおっしゃる矢部と名乗るお侍もやって参りましたから尚更《なおさら》案じられて」

話す佐和の言葉に、

「矢部さまが……」

おぬいは驚愕して呟く。

「ご存じですか、矢部というお人を？」

佐和は訊く。

「はい、私の店にも何回か参りました。高岡藩の国元の方のようです」

「国元の……」

「はい、矢部という方は、伝八郎はどこにいるんだと……ここにやって来ているだろうと……随分乱暴なお人で、ここには来ていないと申しますと、そんな筈はない、隠し立てをするとただではおかないぞ、などと怒鳴って私や店の者を今にも斬りつけそうな目で睨みまして」

怒りに満ちた顔で、おぬいは口走る。

「何者ですか、あの矢部という人は……何故伝八郎さんを敵呼ばわりしているのですか」

佐和は尋ねる。

「父親を伝八郎さんに殺されたというのです」

「まあ……」

佐和は絶句した。だが、心を静めて、

「おぬいさん、その矢部という方と何があったのかご存じですか。もしご存じで、お話し頂いても差し支えないのでしたら是非伺いたく存じます。伝八郎さんはお客様です。知らぬ顔ではいられません。気がかりなのは、恩人の方に会いに行くために江戸にやって来たのだとおっしゃった時に『せめて死ぬ前に礼を述べたい』などとおっしゃったんです。妙なことをおっしゃるものだと気に掛けていましたら、帰ってこなかった。不審に思っていたら伝八郎さんを敵呼ばわりする人が現れた。いったい何があったのか、伝八郎さんはどこでどうしているのかと案じられて、本日は夫も伝八郎さんの行方を捜しに出かけているのです」

　佐和はこれまでの事を手短に告げ、伝八郎が敵と狙われている事情を尋ねて見た。すると、

「これは伝八郎さまの無二の親友でいらっしゃる定府勤めの関友之助さまから伺った話ですが、事件が起きたのは三年前のことのようです」

「三年前……」

「はい。伝八郎様がこの江戸のお勤めから国元に帰り、納戸《なんど》役《やく》として登城を始めて半年程経《た》った頃のことのようですが……」

　おぬいは、真剣な顔で話し始めた。それによると、伝八郎の父も定府の納戸方頭として上屋敷に勤めていたが、家督を継いだ伝八郎も、国元の納戸方として勤め始めたのだそうだ。

ところが国元には、納戸方のぬしと言われていた矢部作之《さくの》助《すけ》という初老の男がいて、納戸役全般を牛耳っていた。国元の納戸方頭である。

そこに定府勤番だった青二才の伝八郎が国に戻って来て、矢部作之助の配下になったのだ。

納戸方は、殿様の衣服の管理、調度の管理、また献上品や賜与《しよ》する品の管理まで、大事な品々を扱う気の張る仕事だ。

伝八郎は、矢部作之助から、納戸方の事務方をするよう命じられた。

国元の納戸方が扱う品々に、直《じか》に手に触れてほしくない、そういう意図もあったようだ。

「ここは国元の納戸方だ、定府の者の出る幕では無い」

矢部作之助はあからさまにそんな言葉を口走り、伝八郎は着任早々嫌な思いをさせられたようだ。

なにしろ国元で噂《うわさ》されていたのは――伝八郎という者が国元に帰ってきたのは、ここで修業して、ふたたび定府となって江戸に出て、殿様近くに仕えるためだ――などという話だった。

それがために、伝八郎の存在を好ましく思う同僚はいなかった。羨まれる反面、妬《ねた》みや嫉《そね》みの目で見られていたようだ。

生意気な若造としか彼らの目には映らなかったのだ。

しかし伝八郎は、上役の矢部作之助はともかくも、同僚には認めてもらいたい一心で、帳簿付けに力を注いだ。

ところが、この帳簿を付けていた伝八郎は、ある日の事、殿様が賜与する品として作った、肩衣《かたぎぬ》や調度品の数と帳簿の数が合わないことに気が付いた。

帳簿上の数より、実際に納戸に保管している数が少なかったのだ。

そこで伝八郎は、上役の矢部作之助に報告したのだ。すると、

「これ以上の詮索は無用だ。事情があってそのようになっている」

険しい顔で叱《しか》られたのだ。

だが伝八郎は悶々《もんもん》と思案したのち、国家老《くにがろう》に報告しようと考えた。

危険なことは承知だったが、父親の仕事ぶりを見て来た伝八郎は、矢部作之助がいうような杜撰《ずさん》な話を、黙ってみすごす事はできなかったのだ。

ところが、いざ国家老に面談を申し込んだその日、下城して家路に就いた伝

八郎を待ち受けていたのは、納戸方頭の矢部作之助と、次席中島左次郎《さじろう》だった。

「定府納戸方頭の倅《せがれ》だと大きな顔をしているお前の態度は許せん。刀を抜け！」

矢部作之助は、いきなりそう言って冷たい笑いを浮かべたのだ。

「お怒りは分かっている。だが私は刀は抜かぬ」

伝八郎は、きっぱりと言って踏み出したが、子分面《づら》の中島左次郎が伝八郎の前に回って通せんぼをして手を広げた。

「ふっふっ、剣に覚えがないのだろう……それとも、その腰の物は竹光か？」

矢部作之助と中島左次郎は、へらへらと笑ったのだ。

「親父殿も噂では、剣はへなちょこ、得意とするのはそろばんだったと聞いているぞ。親子二代のへなちょこ武士だ」

今度は中島左次郎が皮肉たっぷりに言い放った。

「ううっ」

流石《さすが》に見逃すことは出来ぬと思う一方、刀を抜いては大事となると歯を食いしばる。

「はっはっ、やはり竹光か、そうでなければ錆《さ》び付いておるのかの」

矢部作之助の馬鹿にしたその言い方に、ついに伝八郎は刀の柄《つか》に手を掛けた。

「殺せ！」

矢部作之助の命令で、中島左次郎が先に斬りつけてきた。

だが、伝八郎はその刃《やいば》を、刀を抜きざま撥《は》ね除《の》けると、身体を回して矢部作之助の肩口を斬ったのだ。

「うっ」

うめき声を上げて跪《ひざまず》いた矢部作之助を見た中島左次郎は、

「あわあわ」

慌てふためいて走り去った。

その三日後のことだ。

登城を控えていた伝八郎のもとに、矢部作之助が死んだという一報が届いた。

しかも中島左次郎が、伝八郎は矢部作之助が下城するのを待ち受けて、いきなり斬りつけたと目付に届けたというのだ。

——卑怯《ひきょう》な……。

ほぞをかむ伝八郎に、

「早く国をお出になって下さいませ。矢部さまにはご子息がおられます。このままでは追っ手が来るか、または親の敵として命を狙われます。ひとまずここを去ることが良いかと……」

使用人の小者に促されて、伝八郎は国を出奔したというのだった。

「私は関様からそのように伺いました。なんと運の無い、嘆かわしいことでしょうか。それからずっと伝八郎様のことを案じておりました。ようやくお元気な姿を拝見してほっとしたところでしたが、返す返すも敵と狙われるなんて理不尽、逃げ延びてほしいと思うその一心で……」

話し終えたおぬいは、袖で涙を拭《ぬぐ》う。

佐和も息を殺して聞いていたが、おぬいの涙に誘われて胸を熱くする。

「おぬいさん、よく事情は分かりました。おっしゃる通りです。伝八郎さんが敵だなんて、そのようなことがあって良い筈がありません。事の次第を、藩のお歴々にお伝えすることは出来ないのでしょうか」

絶望的な話だと思いながらも佐和は呟く。

「そのことですが……」

おぬいは涙を拭いて、

「関さまが、ご用人様に事の真相を調べて欲しいと嘆願したとお聞きしております。ご用人様は、調べると約束して下さったようです。でも未《いま》だどのようになっているのか闇《やみ》の中です。いずれ私の方にも連絡は下さるという約束はして下さいましたが、関さまの連絡が来るまで、とにかく矢部さまに討たれるようなことがあってはならない。その間の身の安全を、こなたさまにもお願いしようと思って参ったのです」

悲壮な顔で縋《すが》るように話すおぬいの顔は、伝八郎とただの知り合いとは思えなかった。

「お話はよく分かりました。夫にも話しまして、私どもにできることなら、どのようなことでも御手助けしたいと存じます。きっとお元気でいらっしゃる筈、そのように信じます」

佐和の慰めに、おぬいは頭を下げると、よろりと立ち上がった。

佐和はおぬいを玄関まで送って行ったが、

「おぬいさん……」

草履を履いて踵《きびす》を返したおぬいの背に声を掛けた。

おぬいが振り返ると、

「こんなことを申し上げては失礼なことと存じますが、あえてお尋ねいたします。おぬいさんはひょっとして、伝八郎さんと深い繋《つな》がりがあるのではございませんか」

遠回しに佐和は尋ねた。

必死に伝八郎を守ろうと訴えるおぬいの態度には、他人とは思えない肉親の情を感じたのだ。

おぬいは寂しげに笑うと、

「伝八郎様にも、どなたにも他言無用にお願いします」

念を押して、佐和が無言で頷くのを見て、

「佐和さんがお察しの通り、伝八郎さんとはただの仲ではございません。伝八郎さんのお父上は、早くに奥様を亡くされまして、私の店に良く通ってこられました。次第に親しくなりまして、そして伝八郎さんが生まれました。伝八郎さんは、あの子は、私のたった一人の肉親です」

佐和は、おぬいの告白を神妙な顔で聞いた。

五

「ふむ……」

佐和から話を聞いた市兵衛は小さく頷くと、火鉢に手を翳《かざ》した。

炭は赤々と熾《お》きていて、五徳に掛けた鉄瓶からは白い蒸気が上がっている。

佐和は小さくため息をつくと、

「伝八郎さんの実の母だと伺ったことで、おぬいさんが必死の思いでこの宿までいらした気持ち、よく分かりました。でも、おぬいさんの願い通り手助けできるものなのか……伝八郎さんは敵持ちなんですもの……救える自信も手立てもないのに、お二人の繋がりを踏み込んで伺ったことで、悩みは深くなりました」

佐和は出過ぎたことをしたのではと悩んでいるのだった。市兵衛に軽率だと叱られても仕方がないと思いながら報告したのだ。

市兵衛は思案の顔で煙草盆を引き寄せた。煙管に煙草を詰め、火鉢からもらい火をして一息吸ってから、

「出来る限りの手助けをする、それで良いのだ。それに、おぬいさんの話が本当なら、非は矢部作之助にあるのだ。そのことを、関友之助という伝八郎さんの親友が江戸の用人に申し立てをしてくれている事も分かった。藩の上層部が真相を見極めてくれれば、ひょっとして伝八郎さんは敵呼ばわりされなくなるかもしれないじゃないか」

市兵衛は佐和に言いながら、まだ藩の動きがないことに憤りを感じていた。

とはいえ、事ここに至っては、望みを捨てずに居ることが肝心だと、佐和に話しながら自身にも言い聞かせているのだった。

佐和の顔が、少しほっとして見えた。

「ただ……」

市兵衛は、煙草の灰を火鉢の中に落とし、煙管を煙草盆に戻すと言った。

「矢部の倅が江戸に出て来ていることは、我々も目の当たりにして分かっている。藩の裁断が下るまで、伝八郎さんが矢部の倅に見付からぬよう気を配らな

ければならぬ。矢部に見付かって決闘などということになれば、どちらかが命を落とすことは必定」

「ええ……」

佐和がまた案じ顔になる。

「案ずるな。伝八郎さんは木戸番をしている茅蔵の長屋に居候しているのが分かっている」

「本当ですか！」

佐和は、目を見開いて聞き返した。

「間違いない」

市兵衛は、きっぱりと言った。

そして今日、茅蔵に会って話を聞いた事、その後数馬に偶然会ったことで、伝八郎の居場所を探る手助けをしてもらったことなどを、佐和に話した。

「浄瑠璃公演が終わるのを待って、茅蔵を尾《つ》けてみたのだ。茅蔵に私が伝八郎さんのことを案じていると伝えたことで、茅蔵は必ず伝八郎さんに知らせてくれるだろうと思ったのだ。数馬も欽次郎も一緒にな、茅蔵を尾けてみたんだ。

茅蔵はどこにも寄り道しないで長屋に帰って行った。どこかに伝八郎を匿《かくま》っていて、そこに立ち寄る筈だと思ったのは違ったのか、勘は外れたかと思ったが、茅蔵は自分の長屋の戸を開けずに、外に立って『今帰った』などと中に声を掛けたのだ。おやっと思って見ていると、中にいた者が心張り棒を外したことが分かった。中に誰かがいる。それが誰なのか固唾《かたず》を呑《の》んで見ていると、なんと伝八郎さんが顔を出したのだ。伝八郎さんは茅蔵の長屋で匿われていたのだ。ほっとしたよ。あそこにいれば、矢部に見付かることはまずあるまいと思ったことだ」

「よかった、ご無事で……」

佐和は、ほっとする。

「それで私は引き上げて来たんだが、数馬と欽次郎がその後も茅蔵の長屋を張り込んでくれている。何かあれば、すぐにここに知らせてくれることになっているのだ」

佐和は頷いて茶器を引き寄せた。

そしてお茶を、市兵衛と自分の湯飲みに注ぎ、手に取って湯飲み茶碗の温かみを掌《てのひら》に感じ取りながら耳を澄ませた。

緊迫した話に夢中で、家の中の音に気付かなかったのだが、台所からは、おとらが夕食の後片付けをしている音が聞こえている。

そして二階から、たった今聞こえて来たのは、吉之助と駒吉のおさらいをしている声だった。

聞こえて来るのは『塩谷判官切腹の段』だ。

判官こと浅野内匠頭が腹に刀を打ち立てながら、この無念を家老の由良助こと大石内蔵助《おおいしくらのすけ》に伝えなければと、側で控えている由良助の一子《いっし》力弥《りきや》こと主税《ちから》に、由良助の顔を見るまでは死ねぬと、もだえて訴えている場面であった。

◇◇◇

「力弥、力弥」

「はっはあ」

「由良助は」

「未《いま》だ参上仕《つかまつ》りませぬ」

(待ちわびているところに、ようやく由良助が到着して)
判官はぐっぐっと引き回し、苦しき息をほっとつき、
「由良助、この九《く》寸《すん》五《ご》分《ぶ》は汝《なんじ》への形見。わが鬱憤《うっぷん》を晴らさせよ」
と切先にてふえはね切り、血刀《ちがたな》投出しうつぶせに、どうど転《まろ》び息絶ゆれば
御台《みだい》を始め並み居る家中、眼《まなこ》を閉じ息をつめ、歯を喰いしばり控ゆれば
由良助にじり寄り、刀取り上げ押し戴《いただ》き、血に染まる切先を打ち守り打ち守り、拳《こぶし》を握り、無念の涙はらはらはらはら。

◇◇◇

佐和は息を詰めて駒吉の声を聞いている。

市兵衛もじっと耳を傾けている。

二人の胸に去来するのは、ただただ伝八郎のこと。

今浄瑠璃で語られているような、血に染まる事態にだけはなってほしくないと願っているのだった。

浄瑠璃の話とは言え妙に迫るものが感じられて、ふっと二人は暗い目で見合

わせる。だがその時だった。

「坂本様がおみえになりました」

おとらが、坂本数馬を連れて入って来た。

二階から聞こえる浄瑠璃の声で、玄関に数馬がやってきたのも二人は気付かなかったのだ。

「親父さん、大変なことになりましたよ」

険しい顔で数馬は座ると、

「茅蔵が芝居小屋から長屋に帰って四半刻《しはんとき》ほど経った時です。慌てて外に走り出て来まして、血相をかえてね」

市兵衛の顔を険しい目で見た。

「何があった……」

市兵衛は数馬の顔色から、何か大事があったのだと察した。

「私は茅蔵を呼び止めて、へんろ宿の親父さんから頼まれて見守っているのだと伝えました。そしたら……」

茅蔵はほっとした顔で、

「すまねえ、それなら市兵衛の旦那に伝えてほしいんでさ。今からあっしは、へんろ宿に走るところだったんだ」

そう言ったという。

そこで数馬は、詳しく事情を訊いて見ると、

「実は伝八郎さんは、あっしの長屋に居るんだが、今日あっしの留守に手紙をしたため、藩の中屋敷に居候をしている矢部という男に果たし合いの文を送ったと言ったんでございますよ」

茅蔵は動転している顔で言う。

「なんだと……すると、あの矢部という男は、高岡藩の中屋敷にいたのか」

数馬が聞き返す。

「らしいです。どうやら中屋敷に、参勤で江戸にやって来た知り合いがいて、その知り合いが暮らしている長屋に転がり込んでいるというのです。それをどこから伝八郎さんは聞いていたのか……」

「それで、果たし合いは何時、何処で……」

数馬が質すと、

「明後日の早朝、柳原の河岸地《かしじ》にある矢場だと」

「柳原の河岸地だな」

念を押した数馬に、

「へい、あっしは怒りましたよ伝八郎さんに。みんなでせっかく心を尽くしているのになんだっててんだってね。そしたら、もう疲れた、逃げ回っても未来はない。未来に望みのない人生など、生きていても屍《しかばね》といっしょだと……」

茅蔵は数馬にそう告げると、へんろ宿への報告を数馬に頼み、長屋に戻って行ったというのであった。

数馬は報告を終えると、

「どうします、親父さん……」

じっと市兵衛の顔を覗《のぞ》く。

「数馬、ひとつ頼まれてくれるか」

市兵衛は言った。

「もう手遅れですよ。どうにもならない」

数馬は力尽きた顔だ。

「いや、果たし合いは明後日だったな。今から文を書く。明日早朝届けてほしい人がいる」

市兵衛は数馬にそう告げると、文机《ふづくえ》の方に立って行った。

「数馬さま、今お酒と肴をお持ちします。待っていただいている間にお召し上がり下さいませ」

二人のやりとりを固い顔をして聞いていた佐和が言った。

「有り難い、腹ぺこなんだ」

数馬がほっとした顔で微笑んだ。

伝八郎が果たし合いをする日の早朝、隅田川流域には冬の霧が立ちこめていた。

薄紫にも見える霧の海はどこまで続いているのかと思えるほど、果てしないように見えた。

太陽は東の空にうっすらとした光を広げ始めているところで、夜が明けるのは、まだ少し先のようだ。

「これほどの霧は初めて見るな」

玄関を出た市兵衛は、辺りを見渡して言った。

「お気を付けて……」

佐和は市兵衛に、抱えていた長い包みを手渡した。

「うむ」

市兵衛は佐和に見送られて、へんろ宿を出た。

両国橋に向かう道すがら、市兵衛は霧の中を泳ぐような心地で歩きながら、昨日数馬に頼んで高岡藩の定府、関友之助という男に送った手紙の返事が無いのに気を揉んでいた。

昨日数馬は、確かに関という侍に手渡して来たと報告してくれている。

関友之助と伝八郎は親友だと聞いている。その友之助から返事が無いということは、国元で起こった事件の調べに、まだ決着がついていないのかもしれない。

しかし、それならそれでと思うのだ。

市兵衛は友之助への文に、自身が知り得た伝八郎の近況をしたためている。

伝八郎は今や、逃げるに疲れて自ら矢部の息子に果たし状を送り、今日決着をつけるつもりのようだと、心身共に疲れ切っている伝八郎の様子も記しておいた。

昔のままの友之助ならば、伝八郎の報に心動かぬ筈はないのだ。

——しかし、これで藩に動きがないとなると……。

市兵衛に出来ることは、果たし合いの決着を見届けてやることだけだと思ったのだ。

ただ、伝八郎には堂々と闘ってもらいたいものだと市兵衛は思っている。

そのためには刀が錆びていては戦えない。むろん竹光は論外だ。

過日吉之助が、伝八郎の刀は竹光ではないかと言ったことが市兵衛の頭に残っていて、もしそうなら、この自分の刀を渡してやりたい。

市兵衛はそう思いたって、昨夜のうちに自分の刀を点検して風呂敷で巻くようにして包み、こうして本日持参しているのであった。

市兵衛が両国橋を渡り終えた時、ふいに霧の中から人の影が現れた。

「親父さん……」

数馬が欽次郎と橋の袂《たもと》で市兵衛を待っていた。

三人は顔を見合わすと、黙々として柳原の河岸地に向かった。

浅草御門、そして新し橋、和泉《いずみ》橋を過ぎたところで、土手下に矢場が見えた。

橋の袂から下りて行くと、襷掛け、股立《ももだ》ちをとった男が、足を広げ、両手を下に下げて立っているのが目に入った。

伝八郎に違いなかった。

急いで近づこうとしたその時、

「旦那、市兵衛の旦那」

霧の中から茅蔵が現れた。

「茅蔵か……」

「へい、今日は木戸番を休みました。見届けてやりてえんで」

神妙な顔だ。

その時だった。霧が晴れて来た。東の空に強い陽の光が広がっている。薄れて行く霧の中に、

「伝八郎、矢部作之助の子で十郎だ」

白装束のいでたちで、男が立っていた。十郎はさらに声を張り上げる。

「父の敵、松井伝八郎、今日こそはその首貰った、覚悟しろ！」

十郎は刀を抜いた。

伝八郎も抜く。

――いかん、やはり竹光だったか……。

伝八郎が鞘から抜いた長い物を見て、市兵衛は驚いた。紛れもなく竹光だったのだ。

――闘わずして斬られるつもりか……。

「親父さん……」

数馬も驚いている。

市兵衛は素早く近づくと、

「伝八郎！」

手にある刀を投げ渡した。

伝八郎は、はっしと摑んで、

「旦那……」

市兵衛を見た。

「武士らしく闘え、竹光で立ち向かうなど言語道断、恥ずかしいと思わぬのか。お父上も嘆いているぞ！」

市兵衛は一喝した。

おそらく伝八郎は、敵と追われて放浪するうちに路銀も絶え、刀を金に換えて生き延びてきたに違いないのだ。

伝八郎は市兵衛をきっと見て一礼すると、竹光を下に置き、市兵衛が投げてくれた刀の鞘を抜いて構えた。

二人は互いに睨み合って立った。

少しずつ足をずらしながら、相手の動きを測っている。

「ふん」

十郎が突然両目を見開いたと思ったら、

「やあ！」

十郎が斬りかかって来た。叩きつけるような一打だった。

伝八郎は恐怖の顔で、この剣を跳ね返して横に飛んだ。

十郎は身体を立て直すと、再び飛びかかって来た。

「えい、えい、えい！」

互いに声を張り上げながら、激しい打ち合いが始まった。はらはらして見ている市兵衛たちの前で、二人は斬りつけ斬りつけられて、死闘を繰り広げる。だが、

「あっ」

伝八郎が声を上げて転んだ。石ころを踏んだのだ。

「ふふふ」

十郎は大きく振り上げて歩み寄る。そのまま伝八郎を突き刺すつもりだ。

「いかん」

ついに市兵衛は黙って見守っていることが出来なくなった。

伝八郎に向かって走り込みながら、腰に差している鉄扇を十郎の顔に投げた。

「うっ」

十郎は鉄扇を躱《かわ》したが、

「邪魔をするのか、その者はわが父を殺した男だ。これはただの決闘では無い、

敵討ちだ！」

怒りの声を十郎は上げた。矢場中に響く程の声だった。

だがその時だった。武士二人が河岸地に走って来た。

「待て待て、その果たし合い、止《よ》せ！」

武士二人は、十郎と伝八郎の間に立った。

「友之助……」

伝八郎が呼んだ。

友之助は伝八郎に頷いてみせると、矢部十郎に向いて言った。

「定府目付補佐、関友之助だ。そしてこちらは目付の佐《さ》倉《くら》多《た》聞《もん》さまだ」

すると佐倉多聞が矢部に向かって、

「矢部十郎、そなたの父の不正が判明したぞ。その不正を問うた松井伝八郎を待ち伏せして殺そうとしたことも分かっておる。よってそなたが申し出た親の敵は認められぬ。刀を引け、引け！」

強い口調で睨み付けた。

「くっ……」

矢部十郎は膝をつき、悔し涙にくれた。

伝八郎は十郎に近づくと、膝をついて頭を下げた。伝八郎も泣いている。敵と狙われた者も狙った者も、この数年は暗闇の中を孤独を託《かこ》ちながら生きて来た筈だ。

目付の佐倉多聞が二人の間に腰を落とすと、二人の肩に、右手左手を置き、労《いたわ》るように揺すった。

果たし合いは中断した。いや、決着したのだ。

ほっとしている市兵衛と数馬のもとに、関友之助がやって来て、

「ご心配をおかけしました」

深く頭を下げたのだった。

六

「おかみさん、おとらさんから聞きましたが、お客が望めば一弦琴を弾いて下さるのですか」

矢部十郎が国元に旅立ち、松井伝八郎が定府番となって五日、公演もあと十

日を残した三味線弾きの吉之助が、朝食のあと佐和に尋ねた。

「ええ、お客様から要望があれば……」

佐和は微笑んで答えた。

このところ、吉之助と駒吉の浄瑠璃のおさらいで賑やかだったことと、一方で伝八郎の一件で琴を弾く機会を失っていた。

「それでしたら是非、お手合わせ願いたいものです」

駒吉が言った。

「浄瑠璃はとてもとても……」

佐和が首を横に振ると、

「近頃では三味線に合わせて琴も出演することもあるのです。ですから、私の音を追っかけて、音を出して下されば良いのではないでしょうか。是非……」

吉之助は本気だ。

二人は今日は休演日だというので、両国の小屋には出かけずに宿でおさらいをするというのだ。

「是非……」

駒吉にも促されて、

「それなら即興で音を出してみましょう」

佐和の返事に二人は大喜びで、宿の居間に並んで座った。

市兵衛は庭で枯れ葉を集めて燃やしている。

おとらは、興味津々三人の前に座った。

「では……花水橋《はなみずばし》引揚《ひきあげ》の段です。ご存じだと思いますが、本望を遂げて引き揚げて行く場面です」

佐和は頷いて一弦琴の前に座った。

吉之助の三味線と同時に、駒吉の語りが始まる。

◇◇◇

「柔《じゅう》よく剛《ごう》を制し弱よく強を制するとは張良《ちょうりょう》に石公《せっこう》が伝えし秘法なり。塩谷判官高定《たかさだ》の家臣、大星由良助これを守って、一味の義士一子力弥、原郷《はらごう》右《え》衛門《もん》、千崎《せんざき》、矢間《やざま》、小寺、中村、不破《ふわ》、竹森、大鷲文吾《おおわしぶんご》、片山そのほか四十余騎、着たる羽織の合印……」

◇◇◇

佐和の琴は、吉之助が出す三味線の音を後追い先を行き、浄瑠璃語りに深い味わいを添えていく。

本望を遂げたとはいえ、血で血を洗う仇討《あだう》ちの物語。

縁側でたき火の加減を見ながら耳を傾けている市兵衛の後ろ姿をちらと見て、佐和は、伝八郎が血を流さずに決着をみたことを改めて嬉しく思った。

おぬいが伝八郎と母子の告白をすることはないだろうが、そんな告白が無くても、伝八郎はおぬいを母のように慕い、おぬいが老いては、面倒を見てやるに違いない。

果たし合いの日に一帯を覆《おお》った深い霧が、やがて冴《さ》え渡るように晴れていったあの光景は、おぬいと伝八郎の未来を示唆《しさ》したものに違いないのだ。

佐和も市兵衛もそう信じている。

一弦琴を弾きながら、ふっと佐和の頬に笑みがこぼれた。

解説

木村行伸

たとえば、未曾有《みぞう》の危機が世界を脅かし、これまで人類が築きあげた社会秩序や、政治・経済による安定が揺らぐとき、多くの人々が不安や恐怖に襲われるにちがいあるまい。だが、人はそうした危機的状況に対し、もう一方の感情、抗《あらが》う意欲や立ち向かう勇気、助け合いの精神を自ら呼び覚まし行動を起こすことも出来るのだ。そうした嘆きや喜び、慈《いつく》しみ、様々な心の動きと人間の行いを、私たちはときに人情と呼んでいる。そして、この人情の美しさ、素晴らしさを物語で世に伝えているのが、本書『冬の霧　へんろ宿　巻二』の作者で時代小説家の藤原緋沙子氏なのである。

氏の経歴を簡単に紹介すると、SF小説界の巨匠、故・小松左京氏が主宰する「創《そう》翔塾《かじゅく》」で小説を学び、脚本家としてテレビドラマや時代劇のシナリオを多数執筆。その後、立命館大学文学部史学科で歴史を研究し、平成十四年（二〇〇二）に「隅田川御用帳」シリーズの第一巻『雁《かり》の宿』で時代小説家としてデビューした。この作品は、江戸の縁切り寺「慶光寺《けいこうじ》」に駆け込む人々のために、寺近くの御用宿「橘屋《たちばなや》」に勤める者たちが奮闘する人情物語である。人生の厳しさを捉《とら》えつつも、あたたかみのある展開が特徴で、氏はこのシリーズで時代小説家として確固たる地位を築き上げた。

「隅田川御用帳」シリーズは、平成二十五年（二〇一三）に第二回歴史時代作家クラブ賞シリーズ賞を受賞。多くの読者に支持される本作は、現在第二期の「隅田川御用日記」シリーズが順調に巻を進めている。この他にも氏は幾つものシリーズ作品を書き継ぎ、また近年は、故郷高知への思いを込めて坂本龍馬《さかもとりょうま》と許嫁《いいなずけ》・千葉佐那《ちばさな》の恋模様を綴《つづ》った『龍《りゅう》の袖《そで》』など歴史小説にも精力的に取り組んでいる。

そうした藤原緋沙子氏の最新作にて「へんろ宿」シリーズの第二作目にあたるのが本書『冬の霧』である。主な舞台となる江戸の回向院《えこういん》前で営まれる小さな宿屋「へんろ宿」では、元旗本の市兵衛《いちべえ》と妻女の佐和《さわ》、そして女中のおとらの三人がそれぞれに事情や悩みを抱えた泊り客を優しく迎えてくれる。市兵衛・佐和夫婦の身上について簡単にふれると、市兵衛は元武士で、とある事情により家が改易となってしまい、人生に虚《むな》しさを覚え四国八十八カ所を巡った過去がある。彼は四国で経験した、人に寄り添うお遍路さんのための宿を江戸の地でも再現しようと「へんろ宿」を始めたのだった。愛妻の佐和とは、彼女が京の料亭で働いていたところを市兵衛が客として訪れ、互いに惹《ひ》かれあい、やがて所帯をもったのだった。佐和が奏《かな》でる一弦琴《いちげんきん》の玄妙な調べは、訳ありの客の心を癒《いや》す妙薬のような効果がある。宿屋の泊り客は二組だけで、食事は質素だが、客のためなら従業員一同が親身に相談に乗り悩みの解決に一肌脱ぐ、そんな特別な宿なのである。こうしたレギュラーメンバーに加え、市兵衛の卓越した剣の腕に惚《ほ》れこんだ北町奉行所の同心・坂本数馬《さかもとかずま》とその手下の岡っ引き欽次郎《きんじろう》が、宿屋に持ち込まれるトラブルの解決に助力してくれる。ちなみに「へんろ宿」の語源にもなった「遍路」「お遍路さん」とは、四国にある弘法大師ゆかりの八十八箇所の霊場を巡拝すること、またそれを実際に行う人を意味している。

巻頭作品の「あほぼん」（「小説新潮」二〇二〇年七月号掲載）では、まず冒頭の江戸の川開きの華やかな場面に、読者は懐《なつ》かしさがこみあげてきたのではないだろうか。作品が執筆された当時は、新型コロナウイルスの蔓延《まんえん》により、国からの要請で人々が外出を自粛。各地の行事や祭事も相次いで中止となった。それゆえ、せめて物語の中だけでも江戸の風流に心を癒してもらいたい、そんな作者ならではの心意気が川開きの光景からうかがえるのだ。そしてその賑《にぎ》わいの中で、酒問屋『天野屋《あまのや》』の若旦那《わかだんな》・与太郎《よたろう》が派手やかに新酒の宣伝を執り行う。順風満帆そうな与太郎だが、彼はある事情から実家を飛び出し「へんろ宿」に転がり込むことになる。人は良いが、どこか抜けている与太郎と、大坂から江戸に逃げてきた町人風の若い男女が「へんろ宿」で出会ったことで、事態は思わぬ方向へと進んでゆく。作品の結末はあえて記さないが、一つ注目しておきたいのは、与太郎の亡父・丹兵衛《たんべえ》の遺徳についてである。亡《な》き父の人助けの善行が現世を生きる者たちに幸福をもたらす。人間の徳行の本質を小説のなかに見事に描き出し、人生のお手本を作中で示しているのだ。こうした魅力的なキャラクターが多数登場するのも、藤原緋沙子作品の大きな特徴といえるだろう。

また、経営の不振と樽廻船《たるかいせん》の海難事故により、実家の酒問屋が危急存亡の秋《とき》を迎えてしまう与太郎への佐和のセリフは、物語という枠を超えて実に意味深なものといえる。その一部分を抜粋すると、〈与太郎さん、まだ諦《あきら》めてはなりませんよ。世の中は思い通りにはいかないことばかりです。理不尽なこともこの世には溢《あふ》れています。（中略）あの曲は、くじけそうになる心を鼓舞する曲でもあると思います〉と。この言葉は、時期から考えて作者から日本国民への心からの励ましの言葉とも受け止めることができるのだ。本編の冒頭の川開きの光景と佐和のセリフなどから、氏の深い思いが、物語の面白さと共に読者へと届けられるのである。

二作目の「こほろぎ」（「小説新潮」二〇二〇年十月号掲載）で宿の世話になるのは、かつて実の娘と生き別れた男・徳兵衛《とくべえ》だ。老境に入った徳兵衛は、呉服問屋に引き取られた娘がこのたび嫁入りすると聞きつけ、人知れず祝いの品を渡すために江戸に出て来たのである。そしてもう一方の客は、大工の若者・伊佐吉《いさきち》。彼は必死に働いて深川の女郎を身請けしたのだが、ある事情により、今は罪人の身であった。心身ともに傷を負った伊佐吉を癒すのが、佐和の弾く一弦琴である。この佐和と伊佐吉の交流のシーンは、音楽が人の心にもたらす精神的な作用（現代でいう音楽療法の効果）を感動的に伝えているのである。また、このような佐和の母性的な優しさと、宿の客・徳兵衛による伊佐吉への父親的な厳しい態度は、江戸の人々の特殊なつながり、他人だろうと相手のためにあえて深入りする、疑似家族的な人間関係が描かれている、と見ることができるのである。日本人の民族的な性質が再発見できるのも、氏の作品の味わいの一つなのだ。

　年輩の者が若い者を支え、その若者が歳月を経て恩義に報いる。そんな人の情けと恩返しのあたたかな関係を映し出しているのが三作目の「ほととぎす」（「小説新潮」二〇二一年四月号掲載）である。佐和とおとらは、回向院で記憶喪失の身分卑《いや》しからぬ老人・伊兵衛《いへえ》を保護する。宿の主人・市兵衛は、伊兵衛の持っていた印伝という高級な革財布を手掛かりに、知人の印伝の名人・伝蔵《でんぞう》に老人の身元を調べるよう依頼する。宿に泊まるもう一方の客は、常陸国《ひたちのくに》から産みの母を探しに江戸に出て来た娘おいちだ。

おいちは、一人前になるまで仕送りを続けてくれた母の消息を求めて江戸中をたずね歩く。この老人と娘、両者の過去の秘密が明かされるとき、物語は予想もつかない展開を迎えるのだった。作者の構成力が冴《さ》え渡った一編で、この作品においても登場人物たちの善意や優しさが、時を超えて後世の者に影響を与えており、その無限大の愛が物語に独特のぬくもりと、爽《さわ》やかな風を吹かせているのである。

そして表題作の「冬の霧」（書下ろし）は、作者の作家的思想が明確にうかがえる珠玉の作品といえるだろう。両国橋東西広小路の小屋で浄瑠璃《じょうるり》「仮名手本忠臣蔵」を演じている太棹《ふとざお》の三味線弾きの鶴屋《つるや》吉之助《きちのすけ》と、女義太夫《ぎだゆう》の竹本駒吉《こまきち》の母娘が「へんろ宿」に滞在している。そこに、年若い浪人風の侍・松井《まつい》伝八郎《でんぱちろう》が宿を求めてやってくる。暗い影を漂わせる伝八郎が気に掛かった市兵衛は、伝八郎の素性を知る者を探しだし、彼が国元で何らかの事件に巻き込まれ、いまも命を狙《ねら》われていることを教えてもらう。敵に追われ、死を覚悟している伝八郎は、最後に江戸で母親代わりを務めてくれた小料理屋の女将《おかみ》おぬいに会いに来たのだ。追う者と追われる者、この殺伐とした因果関係に市兵衛はやむなく介入することになる。ここにきて作品は、一弦琴を弾く佐和と剣を振るう市兵衛という、あたかも柔和な神霊・和御《にきみ》魂《たま》と、荒々しい神霊・荒御《あらみ》魂《たま》のような超越した存在が人界に関与する神聖なドラマのようにも見えてくるのである。悲劇的結末しかないと思われた出来事が、高潔な人柄の夫婦がかかわることで、人間愛に満ちたものへと転じる。そんな運命の転機を生じさせる二人は、まぎれもなく新しい形のヒーローであることが、本作によって再確認されるのである。

　熱心な読者の方はすでにお気づきかもしれないが、藤原緋沙子氏の作品には非《ひ》業《ごう》の死、あるいは陰惨な最期《さいご》というものがほとんど見当たらない。氏は度々、先達の時代小説家、藤沢周平の作品に強く傾倒していることを語っており、その影響もあるのかもしれない。この事実に加えて、解説者は氏の作風と昭和の作家・野《の》村胡《むらこ》堂《どう》の「銭形平次捕物控」シリーズとの共通点にも注目したいのである。江戸の岡っ引き平次は、一貫して庶民の味方。血と剣が嫌いで、永楽銭《えいらくせん》を投げて犯罪者を捕らえる昭和期の伝説的なヒーローだ。庶民の守護神・平次が守るユートピア的な江戸空間と、藤原緋沙子氏が紡ぐ「へんろ宿」の人情の世界とは、その人間愛と文学的な思想において、時間を超えて通じ合っているように思われてならないのである。

　そして「冬の霧」には、両作家に共通するであろう小説の理想（あるいは文学的目標）が具体的な言葉で綴られているのだ。若き女義太夫、竹本駒吉のセリフがそれである。〈浄瑠璃は人の情の大切さを教えてくれます。この世の善と悪は、どういうものか教えてくれます。どのように生きることが人として大切か教えてくれます。浄瑠璃は私の寺子屋です。しっかりと精進したいと思てます〉と。この浄瑠璃の部分を、藤原緋沙子氏の作品名、または文化芸術と換言してもその文意は変わらないだろう。様々な文化的な活動が封じられた時期に、作者は娘のセリフに仮託して、小説、文化芸術の意義と価値を世間に向けて発していたのである。

ここで改めて、佐和の弾く一弦琴について角度を変えて論じてみたい。泊り客の心を慰め、苦しみから解放し、進むべき道を示す佐和の一弦琴には、『旧約聖書』における戦士ダビデが、イスラエル王国のサウル王に憑《つ》いた悪霊《あくりょう》を竪琴《たてごと》の調べで祓《はら》ったのと同様の力を感じ取ることができるのではないだろうか。「へんろ宿」と『旧約聖書』に記された音楽の奥深い演出には、物語や文化芸術がどんなときでも人類の歩みと共にあること、さらには人類の発展の原動力ともなっている真実を、寓意《ぐうい》的に私たちに説いているように思われるのだ。人間は、音楽や文化などを介して身分や立場を超えてつながり、助け合い、試練や困難を乗り越えていく。そういう普遍的で大切なことを文学は情感豊かに教えてくれる。そして現世においては、藤原緋沙子氏の物語が、この不可分の関係を、多くの人々に語り伝えているのである。

（令和四年九月、文芸評論家）

初出一覧

あほぼん　「小説新潮」二〇二〇年七月号
こほろぎ　「小説新潮」二〇二〇年十月号
ほととぎす「小説新潮」二〇二一年四月号
冬の霧　書下ろし

本書は新潮文庫オリジナル作品です。

冬《ふゆ》の霧《きり》

へんろ宿 巻二

新潮文庫　ふ－46－6

令和四年十二月一日　発行
令和四年十二月十五日　二刷

著者　藤《ふじ》原《わら》緋《ひ》沙《さ》子《こ》

発行者　佐藤隆信

発行所　株式会社　新潮社

郵便番号　一六二—八七一一
東京都新宿区矢来町七一
電話　編集部(〇三)三二六六—五四四〇
　　　読者係(〇三)三二六六—五一一一
https://www.shinchosha.co.jp

価格はカバーに表示してあります。

乱丁・落丁本は、ご面倒ですが小社読者係宛ご送付ください。送料小社負担にてお取替えいたします。

印刷・大日本印刷株式会社　製本・株式会社大進堂

ISBN978-4-10-139167-0　C0193